U0054796

柴室小品（丁集）

盧前/著

盧冀野小傳

　　盧冀野，名盧前，原名盧正紳，冀野是字，自號小疏，別署飲虹簃主、飲虹園丁、冀翁、雲師等。

　　一九〇五年三月二日，他出生於南京一書香世家，少年時代熱愛文學。一九二三年，曾加入柳亞子先生發起的新南社。一九二五年正式就讀東南大學，老師有吳梅、王瀣等當時著名學者；一九二七年東大畢業後，在多所大學和中學任教，如當時的金陵大學、河南大學、成都大學、光華大學、暨南大學、立達學園、南京鍾英中學等。一九三七年抗日戰事爆發，他流亡至武漢、江津和重慶。除一九四二年曾短期在福建永安擔任過國立音樂專科學校校長外，一直在當時的四川大學、女子師範大學、中央大學、復旦大學等校任教；同時在國立編譯館與禮樂館任編纂，並任《民族詩壇》主編，大力倡導民族詩歌的創作，積極歌頌抗日救亡；一九三八年至一九四七年他曾擔任過四屆當時國民政府參政員；一九四五年抗戰結束回到南京後，除了仍在大學教書外，一九四六年起主編《中央日報·泱泱副刊》；一九四七年起還任南京通志館館長，南京文獻委員會主任委員，主持徵集、編印了《南京文獻》二十六冊；一九四九年初，為避戰火，全家移居上海，一九四九年五月末，全家返回南京。此後這一時期，他雖賦閒在家，仍筆耕不綴，常為當時一些報紙寫稿，直至一九五一年四月十七日，因病逝世。去世後，主要藏書，都捐給了東北師範大學圖書館。

盧冀野主要的文學作品：早年有新詩集《春雨》、《綠簾》，小說集《三弦》問世；舊體詩有《盧冀野詩抄》；詞集《中興鼓吹》；散曲集有《飲虹樂府九卷》；劇曲有《飲虹五種》、《女惆悵鬙三種》、《楚鳳烈傳奇》；譯作有《五葉書》、《沙恭達羅》兩種；報導文學有《丁乙間四記》與《新疆見聞》；此外，一生還寫有大量的散文、小品文、章回小說等等。

其主要學術著作有：《中國戲劇概論》、《明清戲曲史》、《論曲絕句》、《讀曲小識》、《詞曲研究》、《散曲史》等；其他還有《何謂文學》、《近代中國文學講話》、《八股文小史》及《酒邊集》等等。

盧冀野一生還熱衷於保存、傳播中國古代文化典籍。他搜集、整理、彙校並刊刻了大量的中國元明清三代的曲籍，經其整理出版的就有數百種之多，其中最為著名的就是《飲虹簃叢書》、《飲虹簃所刻曲》。

盧冀野是民國時期中國頗具影響的教授、學者、詩人、藏書家和南京地方志專家。

盧冀野與他的《柴室小品》

現在結集出版的《柴室小品》一書（現分為甲、乙、丙丁、四集），是盧冀野先生為上海《大報》、《亦報》所寫的小文章的彙集。其中相當一部份文章，原是在《大報》上的一個「柴室小品」的專欄中發表的，故現以「柴室小品」名之。

一九四九年以後，盧冀野不得不離開在大學裏長期擔任的教職。算是為著家庭生計，或許也為著精神上的一種失落，便開始了「煮字療饑」。他先後或同時為若干報紙寫稿。從一九四九年下半年始，他為南京的《新民報》寫了「金陵風物」和「續冶城話舊」等系列文章；又為上海《大報》、《亦報》等陸續寫了相當數量的小品；他甚至重操舊業，將年輕時決心放棄掉的寫作方式—小說，重新撿拾起來，寫起了章回小說。約略算起來，自四九年八月算起，至五一年四月去世，他在短短的一年八個月中，共寫了上千篇的小文章，三百五十期左右的章回小說，這裏還不包括此時所寫的若干詩、詞、曲。所以，如果除去北京之行及多次往返上海的時間，他每天得寫二三篇、三四篇才行。寫作之勤，令很多人驚歎。

這些小文章和章回小說，當然不是盧冀野先生生涯中的重要著作。但是在這兩份當時在大陸並不顯眼的街頭小報上，他以似乎信手拈來的方式，寫的這些小故實、文人軼事、異域風情、笑話趣語、鄉井時事、生活瑣屑等等，卻

也不是他的敷衍之作。盧冀野對辦報並不陌生，他曾長期主編《中央日報》的「泱泱」副刊，還在大學講過新聞課程。所以細心的讀者可以注意到，他的這些小文章的選題、內容變換、文章節奏，甚至遣詞造句等，是花費了心力並以期適合當時最廣讀者群的口味的。總之，在這「失意」的這兩年中，他以往勤奮寫作的習慣並未改變，只是變換了寫作的領域。我的二姐夫何玉書先生曾告訴我，他還清楚記得，《大報》總編輯陳蝶衣先生為約稿事，曾來南京大板巷舊宅，拜訪過我的父親；我自己也依稀記得，有一次李清悚先生與一位我不認識的畫家，在書房裏與我父親一起對章回小說的插圖反覆推敲時的情景（李先生是父親摯友，年輕時就擅於繪畫，為我父親少年時的新詩集《春雨》做過插圖）。再就是，直到去世前，他因病重被送往醫院時，還為自己無法按期向這兩份報紙供稿而十分不安。所以說，他對當時的約稿與寫作，依然是非常認真的。

現在看這些文章，除了期望讀者從中感受閱讀的趣味、增加一點知識外，也可以將其視作盧冀野先生的一本不完整的「回憶錄」，或一本殘缺的「日記」；此時他的身體已很不好，也可看作他對自己寫作生涯的小結與身後的交代。有些小文章，也可視作為那一時期大陸社會生活的一種紀錄，等等。但是，顯然其中大部份都流露有作者對中國傳統文化的一種眷戀的感情。

至於《大報》、《亦報》這兩份報紙，它們都是一九四九年七月在上海創辦的小報。但為報紙撰供稿的人，

卻有不少著名的報人與文人：張慧劍、張恨水、汪東、周作人、張愛玲、潘勤孟等等。不過在發行了大約僅僅二年半以後，《大報》就被併入了《亦報》；又過了半年左右，也就是一九五二年十一月的樣子，《亦報》又併入了《新民報》。自此時起，在幾十年中，大陸便不再有任何民營報紙了，大陸的報業進入了一個完全不同的時期。所以說《柴室小品》是成於大陸的一個相對寬鬆，又有點特殊的、短暫的時間。

　　我父親是一九五一年四月去世的。現在知道，兩報相繼被合併不久，陳蝶衣先生和張愛玲女士，也相繼離開了大陸。因此我不禁想到一個問題，他們三個人，在當時算是以完全不同的方式，先後徹底離開了大陸的「文壇」和「報壇」，此為幸抑或不幸歟？

　　為便於讀者瞭解《柴室小品》一書的寫作時代與背景，特簡單說明如上。

盧佶
二〇一一年春節於南京

目 次

畫布

洋畫尤其是油畫，這必須畫在畫布上的；誰都知道。中國畫在宋以前差不多都拿絹畫的；宋後才兼用紙，明代還有取綾來畫的，為什麼要這些絲織品呢？據說可以幫助畫的神采。曾有人也用洋布作畫，顏炳就是一個。他是畫墨色山水的，據他講洋布的質比絹要澀些，卻較宣紙來得和潤，很能發揮筆墨的趣味；也幫助畫的氣韻醇雅。印印川說：「宋細唐粗辨入微，幾勞織女弄梭機。誰將卉服齊東絹，詠畫林看列布衣。」後來俞駿岳也用布畫，就開了布本畫的例子。不過，我所說這布本的中國畫，都是用上等的洋布，不像作油畫用的畫布是專為繪畫用的。把可以穿著的布，變成不能吃不能穿的畫，對於民生是種浪費，所以布本畫不能流行；反而絹、緞，雖然是絲織品，因為粗薄不適宜於服用，用來作畫或裱褙，倒沒有什麼妨礙的。這跟油畫所採用那種畫布，不妨礙服用的布是一樣的。

雲師（51-01-19）

19

鐵工中的詩人

在王壬秋的門下，有四位特殊人物；一是被他稱為「駸駸欲過貫休」的敬安，即八指頭陀。二是他的兒媳楊莊，她要和他兒子離異，卻被他留下來做詩弟子。三是木工出身的齊璜，就是今日大名鼎鼎的畫家白石老人。另一個就是現在要說的鐵工，張登壽，正暘，他也是湘潭人。他在鎔爐旁邊鍛煉出他的詩癖；那時有位老輩叫陳鼎，說他的詩一字一句都肖孟郊，該去師事昭潭書院山長王壬秋。在一天大雪當中，他拿著那一本又長又粗的流水帳簿，就是他的詩稿去見王氏，簿上有斑駁的手指印，歪歪斜斜地題名《烏石山人詩稿》，王壬秋讀了兩首，就大為詫異，連忙請他進去，常常誇讚他，同席晏會時又推他做首席。這樣，張登壽的詩名便洋溢乎湖南。可是他自己偏隱瞞這出身，怕人說他做過鐵工。光緒末年，他在日本學一些法律，回來做了一任攸縣，又在山西沁縣做過知事。他儼然做了官了，又惟恐人家不知道他是士大夫階級，專誇他的資歷。這時他也不大做詩了，當日在冶爐旁那樣的真摯的作品也不會再有了。所以他在王門四位弟子中，是最陌生的一個，現在是沒有什麼人談到他的。

飲虹（51-01-20）

鏡聽

　　鏡聽，這種風俗自唐代就有了的。王建有鏡聽詞：「重重摩挲嫁時鏡，夫婿遠行憑鏡聽」。顧元慶《簷曝偶談》說：「有無所懷，直以耳聽之者，謂之響卜，蓋以有心聽無心，往往皆驗。」蘇州人就叫它「聽響卜」，大都在除夕舉行，懷裏抱一面鏡子，出門去，聽街市上人無意的一句話，便取來卜明年的休咎，這是最迷信的舉動，說它往往皆驗，那才怪咧。蔣心餘有一首詩，形容鏡聽的獃樣，並且有點諷刺的說：「匿影循牆走，尋聲倚壁聽。何期深夜語，都是十分靈！讖諱原難測，惟求恐不經。菱花常自鑒，何必問冥冥。」我很欣賞這末十字，的確，有一面鏡子常常自家照照好了；又何必去借人家隨便的一句話作標準呢？在今天照鏡子就是說自我檢討，我們必須常常自我檢討。有位朋友說，思想如鏡，愈拭愈明。這也是滿有意思的話。鏡聽的風俗，現在該廢止了。我們與其說鏡聽，不如改鏡看了。

雲師（51-01-20）

賭飯

　　《史記》上說廉頗見了趙使者特地一飽斗粟肉十斤，使者回去說「廉將軍還健飯咧」。他這樣吃了一次飯，表示「不服老」，多少還有政治作用。苻秦時有個左鎮郎夏默、右鎮郎護屠那、拂蓋郎奄人申香堅，據史載這三人皆身長一丈八尺，每食需要飯一石，肉三十斤。比起廉頗來，他們吃得許多了；廉頗也許特地吃這一餐，而他們經常的這樣吃。我覺得一個人有這大的食量，並不見得可羨慕。因為一個人所需要的營養，也絕不是這麼多的澱粉質。至於像賭酒那樣的賭飯，更令人可笑。相傳乾隆時，有個吳白華和一位宗室的將軍，兩人沒事做，忽然賭起飯量來。那吳白華一口氣吃了二十四碗，將軍卻吃了三十二碗。白華不服輸，約會明天再賭。到了第二天，不設肴，專吃白飯；將軍吃了二十碗，而白華吃到三十六碗。白華因食肉而減飯，將軍又為著無肴減食。這一場賭飯官司，似乎看著發笑；早頭二十年，我們也有這樣的事。鬧酒的豪情，並不見得過於賭飯；往往為吃了過量的飯以致生病。當時飯量最著的幾位，目前多已過了五十，怕他們能每餐吃三碗飯的，已不多了也。

（51-01-21）

呂洞賓考

　　呂洞賓的傳說不一，據明代天啟濟南盛傳的〈呂仙自敘傳〉：「呂仙本唐宗室，避武氏之禍，挾妻而遁，因易呂姓，以山居名岩字洞賓，妻又死，號純陽子。」而范致明的〈岳陽風土記〉中說：「呂先生河中府唐禮部尚書渭之孫，海州刺史讓之子。會昌中兩舉進士不第，去遊廬山，遇異人，授劍術，得長生不死之訣。」不過，我們平昔熟悉的是洞賓這樣的一首詩：「黃鶴樓邊吹笛時，白蘋紅蓼對江湄；衷情欲訴誰能會？惟有清風明月知。」據《能改齋漫錄》中說，此呂先生並非洞賓，乃名元圭。還有唐人小說〈枕中記〉所提那取枕頭的呂翁，也不是他；宋人畫他的像來供奉的人也很多，陸放翁曾作過贊，所謂「天下家家畫呂公，衣冠顏面了無同，勸君莫被丹青誤，那有長繩可繫風。」清張道臨所記，那就更奇怪極了。他說：「潞王有呂真人畫像，風左則鬚飄而右，風右則鬚飄而左；相傳仙筆也。」這未免近乎神話。然而民間流傳呂純陽的故事很普遍，自《夷堅志》起，差不多有好多都說得很離奇。至於明人還有稱他為「純陽孚佑帝君」，那跟稱「關聖伏魔帝君」一樣的可笑。

飲虹（51-01-21）

輪船

相傳胡林翼看見火輪船在揚子江中往來，他登時嚇倒了。他知道帝國主義的侵略要從此開始了，假使自己趕緊建設，追上前去，那麼還可以補救得及。想不到有些老先生偏偏說：這些我們古代早有的。例如葉調生《歐波閒話》就說：「……豈知輪船之製，本出中國；唐宋以來，載籍屢見，惟不用火。後世不講求，其法遂廢，外國反得而竊用之。」這真是笑話了。姜小枚還有一首賦輪船的詩：「唐代曹成王，至巧運心盡；戰艦挾二輪，蹈之翔風疾。聿宋楊太尉，踏車船有式。三周浮玉山，勢甚掛帆席。下至鄱陽盜，楊么製亦得。中華古戰具，竊以造番舶。舉火動其機，間亦用牛力；何至三年來，人駭為奇特。烏乎戚南塘，造法製秘笈。」這詩也是對西洋火輪船的反映，認為沒有什麼可奇的！在今天，我們因不滿意那種「外國的什麼都好」的意見；然而也不敢贊同「什麼我們古代就有了」的思想；因為這是妨礙進步的。

雲師（51-01-21）

24

唐寅〈妒花歌〉

柳絮先生在《亦報》談起「以花喻人」因而涉及唐伯虎那一首詩。案此詩題〈妒花歌〉，全文是：「昨夜海棠初著雨，數朵輕盈嬌欲語。佳人曉起出蘭房，折來對鏡比紅妝。問郎花好奴顏好？郎道不如花窈窕。佳人見語發嬌嗔，不信死花勝活人。將花揉碎擲郎前，請郎今夜伴花眠。」詩極生動，見全集卷一中，柳絮先生又說了一首「芙蓉花發滿江紅」，我特地拿何大成本全集來翻閱幾過，不曾查到；想柳絮先生必有根據的，這詩的確也像唐伯虎的手筆。像他那一首絕筆詩，我就看到三四種字句不盡相同的，說他「賣身投靠」，這傳說出於《蕉窗雜餘》；後來為此辨正的人很不少。我不敢說唐伯虎有過這樣事，也不敢說他便是想吃兩廡冷豬肉的聖人，至少他是因曾受宸濠聘而佯狂的人。看他的私印，有什麼「普救寺婚姻案主者」、「江南第一風流才子」。他自己就是有那麼不「正經」的傾向，還代他辨正些什麼呢？至於取花喻人，第一個這麼說是天才，第二個說就是笨伯。

（51-01-22）

三吳

　　陸廣徵《吳地記》以金陵為中吳，鄂州為南吳，武昌為下吳，這是一種關於三吳的說法。《地理指掌圖》所說的三吳又是蘇、潤、湖三州，這是根據吳、丹陽、吳興三郡而言；三吳的說法很多不相同的，像此說法，如《十道四蕃志》、《通典》、《元和郡國圖志》都一樣的。而《郡國志》以義興、吳郡、吳興為三吳。《水經注》記：「永建中，陽羨周嘉上書，以縣遠赴會至難，求得分置；遂以浙江西為吳，東為會稽，後分為三，號三吳，即吳興，吳郡，會稽也。」這又是一種說法。在《晉書》上：「蘇峻反，吳興太守虞潭，與庾冰王舒起義兵於三吳。時冰為吳郡，舒為會稽。」足見晉代的三吳，也是指吳興、吳郡、會稽。有人說虞潭所督三吳，晉陵、宣城、義興六郡，而稱五郡。究竟那一說法正確呢？多半認為《指掌圖》是不錯的，也有說《郡國志》亦還可信。在這兒我們可以知道稱地名最好不必用古代地名，說蘇州就蘇州好了，連元和、長洲最好都不用，再古一點的如吳郡用起來更不大好。不獨如此，就是官職名稱等等，也應該用當時的；不可以硬拿古代的來稱呼，以免弄得越發不明白。假使我要說「我是中吳人」，恐怕連我自己都要惶惑起來了。

飲虹（51-01-22）

薄葬

　　我有一位親戚，也住在我們這一條巷子裏，今年六十多歲了。十年前，他的眼瞎了，有一個獨子，兩年前也死了。我每見到他，一定聽他在喃喃自語：「我怎麼還不死的？」我從來也不勸止他，因為他就是不死，對於家庭社會也是毫不裨補的。最近，他果然病死了。據說花了人民幣六十萬元，由殯儀館代辦殮葬，鄰人們還在惋歎著，道：「怎麼這樣薄葬的」！我的意見跟他們是不一致的，認為這還是浪費；根本不必用棺，不必下土，隨身的衣服裹著屍體倒也罷了。正值這進行土改時，我們怎地還不知道愛惜土地！與其將這寸土作埋骨之場，不如增加生產，予以種植。屍體當然以焚化為宜，我從前是不贊成火葬的，認為屍體在土中慢慢的化掉才好。現在的看法不同了。假使人人都土葬，若干年後，豈不完全變成丘墳了嗎？我們要化無用為有用，該盡量利用土地種植。所以現在的主張是寧可火化，不必薄葬！

　　雲師（51-01-22）

《康聖人演義》的作者

我在〈洪秀全演義的作者〉一文中，提到《康聖人演義》，認為也是黃小配作的；這揣測是錯誤了的。這書的題名該是上海書坊翻印時改的，原名是《康聖人顯聖記》，光緒己亥北京文盛堂刊。書共四十回，作者具名伏魔使者，還有卻邪居士評文。出版的這一年，是戊戌後一年，無怪作者有些「捶已死之虎」的神情。我介紹過這小說，那時只指出它的錯誤，而沒有看出所以錯誤的原因。現在翻開第一回起端的原文來看：「話說我朝自定鼎以來，海晏河清，萬民樂業，五穀豐登；三百年來，承平日久，雖上古亦無我朝立法之善。」這種奴才的語氣，奴才的觀點，歌頌功德的一套，可知是出於一位守舊的頑固分子的手筆。所以楊世驥在《文苑談往》裏提到這小說，說它是「作者的立場既違背了時代，所以許多地方徒然表現著自己的幼稚和可笑。」這話批評得很對。若說它出於投向革命的黃世仲之手，那這句話未免說得太離奇了；這裏我要聲明撤銷這句話！至於這伏魔使者，自己是個「魔」，他正是迷戀著「富貴功名」的「魔」，他還能「伏」什麼「魔」呢？這一個筆名，也未免太可笑了！

（51-01-23）

狀元黃思永

　　黃慎之（思永）是清末南京的狀元，南京本來還有一條黃狀元巷。狀元不狀元原沒有什麼說的，不過在他有兩點是值得提出的。第一，他全家在太平天國時代犧牲了的，他那時還是十歲左右的小孩子，跟一老僕從瓦礫堆中爬出來。以貧苦孤兒，苦學成名。中了狀元，官至侍讀學士，因在國忌日著吉服為人家點主，把官革掉了，他倒也不甚在意。第二，他自己也不以狀元誇耀，也不專心在作文章；一心一意的想從事實業。光緒辛丑年，憑空上一奏摺，託周馥奏上去，要把京城義倉所收養的遊民，送一工藝局去學作工，並且招股設局，由民自辦，因此碰了個大釘子。提起南通張季直（謇），誰不知道他是實業泰斗！一個在南方經營，一個在北方辦理；兩人同是狀元，雖然張氏的文學造詣似乎比黃氏要高明些；但在工商方面的努力，兩人該是不相上下的。張氏以他的家鄉南通為實驗區，黃氏是選擇首善之區為他試驗的場所，張氏一一舉辦，頗見成績，而黃氏的計畫卻未能實現，從此一蹶竟不復能振。說到黃思永，幾乎知道的人就很少了。民國以後，張氏的位望極崇高，也沒有人道及慎之的姓名，我總想搜集一點關於他設廠興工的計畫等等，始終得不到什麼文獻的資料，這是極以為憾的。

飲虹（51-01-23）

里與裏

似翁先生在大報上有〈裏字的寫法〉之作，他是贊成將裏字寫作里的。其實，這一個簡字至少有七八百年歷史了。在宋元俗字中這已是很熟悉的，這里，那里，誰都知道這里字就是裏字。在話本，在雜劇，因為用得頗統一，所以這字簡寫極易被襲用而普遍。也有因為寫得不統一，而被淘汰了的，例如祇字，有寫作只，有寫作則，還有寫作子的；現在除了通常用只外，子、則都沒有人採用。所以我主張簡寫字必須注意統一，絕不能你這麼寫，我那麼寫；或此處這麼寫，彼處又那麼寫；這樣是不能推行的。裏字之被寫作里，可以做為簡體字的模範。我倒不是因為它是個宋元時代就有了的俗字，而是它能統一的被採用來代替裏字。因似翁先生的文字，我來更進一解。並希望提倡簡體字的朋友，不要多增加推行簡體字的困難，常常改易寫法，如子、則的代替只字那樣。

雲師（51-01-23）

30

兩個太平天國的人

　　姑丈甘貢三先生來談，他在小時候曾見到兩位太平天國人，一是李胖，他家的一位女傭。她嫁的是太平軍的旅帥，不知什麼緣故，那旅帥非常的富有，住在綾莊巷。在天京危急的時候，他埋藏了一大筆窖金。她是曉得這件事的，於是在太平天國滅亡，那旅帥出走以後，她按這地址，又嫁給一個成衣匠，她是為了要發窖金，才嫁成衣匠的，那裏知道等她去挖時，窖金早已不見了。因此到津逮樓甘家當女傭。三十年前，她還健在，已是八十多歲的人了。另一位是貢三先生嗣母的乳娘的丈夫姓胡，名字已忘記了。他是本人在太平軍中的。臉上刺「太平天國」四字，像刺花樣子，藍色，後來始終沒有去掉。貢三先生是見過老胡的，臉上有字的老胡那相貌，至今還記得。不過，為什麼刺字？他在太平軍裏擔任什麼工作？那時還不知道問他。這兩件事，在寫〈天京錄〉時沒有聽到，所以不曾記上。也許貢三先生看了我的〈天京錄〉，知道失記，才特地來告訴我的。

（51-01-24）

冶城的研究

楊憲益先生送了一部《零墨續箋》給我，其中有一篇「論南京別名金陵或冶城的來源」，對於《吳錄》所說的「張紘言於孫權曰：秣陵楚武王所置，名為金陵，秦始皇時望氣者云：金陵有王者氣，故掘斷連岡，改名秣陵」的話，認為是後人附會，不足置信。他覺得金陵與冶城二名，都是暗示冶鑄金鋼的意義，二名同出一源是很可能的；又以為夫差冶鑄說法，因吳越信史太少，無法判斷其可靠與否？疑心或由於漢代吳王濞的事實附會而成。我看他這篇文字的中心，是「吳王濞鑄錢為一切冶鑄傳說的所本。」我是不同意他這話的，最大的理由在時代的先後有問題。當時（春秋前）揚州這吳地還沒有城邑，石頭東冶城為夫差冶鑄之所，該是公元前四百七十一年的事。范蠡在長干里築城在後，而楚子熊「埋金鎮之」，叫它「金陵」，並置金陵邑的時候，已是周顯王三十六年（公元前三三三）。改秣陵是漢獻帝建安十六年（公元二一一），其間有五百四十多年的距離。金陵與冶城，既然一個是「埋金」，一個是「冶鑄」，來源並不是一致，當然不是同出一源。而且金陵兩字代表「石頭山以北地」，猶之石頭城一樣，該算是南京別稱；而冶城本身是個古蹟，是不應與金陵同等，不該就認為是南京別名的！

飲虹（51-01-24）

傅善祥像的作者

　　也許有人看見任仲年的名字，疑心是任伯年的兄弟罷。其實，他是現在的人，年紀還不到三十咧。此次紀念太平天國起義一百周年，由他畫了一張傅善祥的像送去，不久當展覽出來。這一位號為女狀元的傅善祥，是南京人，傅槐的女兒。她是楊韋之難中的犧牲者，因她是東王楊秀清的心腹。他住在東王府的多寶樓，聚集了不少古物，是不是後來跟樓同盡？至今還是疑問。任君作她的像，是根據當時的服飾，以及對她的許多傳說；半想像的畫出，像不像當然不敢判斷，不過，也未可說它完全無稽。任君的父親梅華兄是我老友，他給我看了這作品，並自己的題詩四首；問我有什麼意見？我說：「只要老老實實的說出作此畫的經過，不是造假，也沒有什麼不可以。」仲年十幾歲時，就能仿作時賢的作品，戰前徐悲鴻曾與涉訟，哄動一時。他一直很少自己的題款，而這一幅傅善祥像倒是自己署名的，這也算是難得。

　　　　　　　　　　　　　雲師（51-01-24）

《復活》讀後感（上）

　　托爾斯泰的《復活》，很久以前是讀過的，並且十幾年前還看過一次關於這部名著的電影片。不過，好書不厭百回讀，最近理書篋又理出一厚冊文化生活出版社印的高植君的譯本，儘管高君自謙譯的太不滿意，覺得比不上毛德的英文譯本；但以我看：這一個譯本已是相當的成功。我費了一星期的晚上時間，仔細再讀一遍。初讀時倒不覺得怎麼樣，在今天來重讀，實在感慨彌多。毛德氏曾舉出托翁的一封信，他提到：「就是當我讀一本書時，最使我發生興趣的是作者的世界觀：他所愛的與他所恨的。我希望任何持此種態度而讀我的書的人，會發現什麼是作者所歡喜的與所不歡喜的，並為作者的感情所影響。」N.K.顧德歲教授照原書各章內容而作的〈概覽〉，也是循著三部條分縷晰的；當然出場最早的是女主人翁馬斯洛發；她由監獄赴法庭。那聶黑流道夫公爵身為陪審官，認出了她就是卡邱莎。也許我們的讀者會有看「玉堂春」的感覺，但，我肯定說「馬斯洛發不是蘇三，聶黑流道夫也不是王金龍。他與她之間，存在兩個不相同的「道德觀念」，這才是本書的主幹。不像《玉堂春》弄的只是悲歡離合那套老把戲。

（51-01-25）

《復活》讀後感（中）

聶黑流道夫始終自任其咎，覺得使卡邱莎墮落的，這罪過該屬於他的；而馬斯洛發不是忘情於聶黑流道夫，她認為會因她而妨礙公爵，她自己願意犧牲。中間相當的有距離！在第一部從十二章到十八章，聶黑流道夫從回憶裏，想起在姑母家和卡邱莎相熟時，他對她那一股熱情，由於誘惑而獲得獸性勝利。後來，匆匆的遺棄了她，隔了很久，重訪舊跡，才知她為他還生了個孩子，這是他認為終身不忘的遺恨。那考爾洽根公爵家庭，是與受難人監獄作一對照的，誠如托翁所說：「本書主要目的之一，即是表現此種憎惡。」他是最憎惡肉欲的。聶黑流道夫經過「心靈的清滌」，他要到監獄去看她（這又不是王金龍的探監），下了要娶馬斯洛發的決心。作者對於當時帝俄的獄政，以及幾次的審判，皆是極盡嘲笑的能事。至於馬斯洛發對自己生活和社會地位的看法，在獄中相見時已烘托出來了。因為同獄幾位革命志士的薰陶，使馬斯洛發時時在改造中。雖然在一部快結束時，調她到醫院服務。而第二部發端便說明聶氏庫斯明斯基之行，他要分散土地給那些農民。這位公爵已走上新的道路了。

（51-01-26）

《復活》讀後感（下）

　　在馬斯洛發流放到西伯利亞以前，用聶黑流道夫到彼得堡作插曲；又在他沒有進京時，把他那面目可憎，語言無味的姊丈搬出來。他姊姊那兩口兒，只認得土地財產。彼得堡那一般權貴豪富的嘴臉，都描繪出來了；連他姨父母都在內。全書的重點，當然在往西伯利亞的途中。從聶黑流道夫坐三等車跟著出發起，一路的聞見；囚犯們的談話，意外的死亡，無情的虐待等等，幾乎每一章一節，每一句一字都是激動著讀者。這樣進入第三部，馬斯洛發由於受到照顧，她以刑事犯而參加了政治犯的行列。西蒙生的出現，西蒙生坦白的對聶黑流道夫的要求；聶氏對西蒙生是不錯的，卻也不願意改變自己的決心。少間插入克累操夫的死，在克氏口中又補敘革命者的受刑；豈獨是聶氏要受感動，那一個讀者能不受他的感動呢？渡船上那一老人，也是怪極啦。到省城後，獲到馬斯洛發准釋的批示；最後這種結局：卡洛莎決計跟西蒙生走的結局；這才使聶黑流道夫真的入了新生活的道路。托翁這一偉大的作品，我是希望有三讀的機會，怕他時的感見，又會與此不盡符合的。

（51-01-27）

柑的控訴

　　有個朋友最近從重慶來，帶了一筐廣柑送給我，因此
不禁想起那出產柑子的江津來；我在抗戰後入川時，化一塊
錢就可以買一筐。平心而論，這柑子的味道，真不錯。有人
說：美帝花旗橘子就是偷這江津種子去培植出來的，他們用
玻璃紙一裝璜，又加上「Sunkist」的印，還運到遠東市場來
銷售。竟有那等洋迷總是說洋貨好，他還不知道它的祖先就
是從中國去的。我常常為柑子不平，現今誰不在控訴美帝的
罪惡，其實柑子是大可控訴的！俗語說：拿你的饅頭塞你的
嘴。這比拿你的饅頭塞你的嘴，還要混帳！究竟是我們四川
這柑子好，還是美帝花旗柑子好？一試就可知道，不容信口
雌黃的亂說。吃它一隻，至少可以吃我們的四五隻。只要不
甘心媚外的人，一定不會說「寧吃美橘，不吃川柑」的！在
我這位朋友把川柑送給我時，我彷彿就聽到柑子在說話，在
控訴。隨著交通的便利，以後我們這川柑市場，絕不讓花旗
橘鬼混進來的。

飲虹（51-01-25）

37

清文啟蒙

在地攤上，花了人民幣二千元買了部《清文啟蒙》，一共四本，是長白舞格壽平所著，錢塘程明遠佩和校梓的。我對於中國古今的死文字，有時偶然會發生興趣的，例如西夏國書、契丹國書、都曾搞過一下；這裏所謂清文的滿洲文字，是死去還不久的一種文字，清朝的宗室雖然必須研習國書，怕真正通滿文的也不多吧。原來基本上學習在十二字頭，就相當麻煩，像那可字的草書讀作底的，它作初一講，又作新講，又作染講。那千字草寫樣子的，單用是唸窩，在聯字中就唸傲了，平常叫孀子就是這個字。跟作麵，作末子解釋的屋字，字頭寫法就很像。還有唸音有什麼咬字唸，滾舌唸的法子；沒有人在旁指點，盲人摸象的自己去研習，也是不容易的事。恰巧在購得清文啟蒙的第二天，巷口書攤上又發見一部滿漢字對照的《四書》，據說是全的；不買它，就要可惜變成廢紙去包燒餅；買它呢，又沒有讀它的本領。真是有些為難咧。

雲師（51-01-25）

38

蝦蟆跳井

　　好久沒有接近佛學書籍了。偶然遇見朱同生先生，他送了一本《覺有情雜誌》給我，就是十二卷一期，屬於本月號的。拿回來翻閱一遍，對於其中溫光熹先生的〈蝦蟆跳井〉一文，很感興趣；可惜只發表了半篇。這蝦蟆就是田雞，在成都叫作蝦蟆。「蝦蟆跳井」是一句諺語，這種諺語；四川人叫它「言子」。田雞兩腳一伸跳進井裏，有一聲響，好像「不懂」的一聲響，就借用來說不懂。凡是不懂的，也就叫「蝦蟆跳井」溫先生此作，主要的用意是對宗門那種打機鋒、透禪機的一派語錄，認為不是不可講，惟不必專在這上面去參禪。他提到天臺宗的智者在南京瓦棺寺講經，拍桌子一下，他便走下座來，還說「說法竟」。你當然是不會懂。如果已悟澈了的話，對於這圓融透澈的話又何必去說！我從前曾愛看看《指月錄》、《五燈會元》這一類書，要說我懂，實在有時是有些蝦蟆跳井的。若在今日我們還想端正自己的思想，看這等書實在要妨礙進步。溫先生說得好：「這裏並無巧可偷，取巧是不行的，也是不可能的。」不但參禪如此，做人一切又何嘗不如此！

飲虹（51-01-26）

捷報條

捷報條這種辦法，差不多快五十年沒有了。當時是這樣寫的：「捷報貴府的相公名某某以第若干名入泮」，或「捷報貴府大老爺或第幾少爺印某某中式江南鄉試第若干名」。不管中舉也好，進學也好，這捷報條貼在二門上，家族全體皆與有榮焉。最近這一次號召青年參幹，不知是誰的主張，也採取這種民間形式，貼上「捷報貴府某某同志光榮選入某種學校」的捷報條，雖然不像舊捷報條，有刻好的式樣，然後填補姓名和名次，完全用墨筆寫在紅紙上的；其增加家族的光輝是過於舊時的，說起來比舊日捷報條有意義多了。舊的科舉捷報條是虛榮而已；而現在的捷報條是鼓勵青年向國家報效，號召為人民服務。雖然同是捷報條，這一個比那一個高明多了。

這辦法大可給各地採用，我想，若在鄉村中它的作用會更大！

雲師（51-01-26）

40

鬥惡霸的典型文字

《說庫》第四十二冊所收的一卷〈王氏復仇記〉，注的是「清人撰，闕名。」但記中卻提到瞿稼軒（式耜）、錢牧齋（謙益），怕還是明末的事吧？這故事情節很簡單，是說常熟當地一個惡霸，那時叫「豪宦」的趙士錦，壓迫一個顧仲雍，一定要強佔他祖遺的住宅，他們本是鄰居。趙士錦因為顧氏的祖先是陳家的僕人，雖然顧仲雍是個舉人，現任丹陽教諭。士錦還是看不起他。王氏就是仲雍的妻子，仲雍受不了這等侮辱和威逼，空含冤自經了，遺書說：「雖類匹夫小諒，實出萬不得已。橫死之後，為伍尚者，為伍員者，聽兒輩為之。」這年是崇禎十六年。仲雍一死，王氏寫成揭貼，到處公佈，並在丹陽號召學子們出來，要以正義制裁惡霸。果然動了公憤，都到常熟來向趙士錦清算、鬥爭。錢牧齋拒絕調停，青年學子們於是奮臂一呼，集合當地的好幾千人，瞬息之間，將趙家夷為平地。記者還惋惜地說：「可惜不曾要士錦的命！」這一文件，真可謂鬥爭惡霸的一篇典型文字，從前看它時不曾在意，現在該是珍貴的資料。這一位王氏倒可算知道借群眾力量來為夫復仇的一個人。

飲虹（51-01-27）

41

李煜的書法

　　南唐李後主畢竟是個多才多藝的人。他的詞不必說；就是他的書法也有獨到之處。黃山谷說他的字出於裴休。而歐陽修說：顏魯公書正直方重，似其為人。若以書觀，後主可不謂之倔強丈夫哉。他這書法有金錯刀、撮襟書等名稱。《陶穀清異錄》說：後主善書，作顫筆樛曲之狀，遒勁如寒松霜竹。謂之金錯刀。撮襟書也是一種顫筆，清涼山廣慧寺德慶堂榜；還有在黃羅扇上寫柳枝詞賜宮人慶奴，這皆撮襟書。他對書法的著作，有續羊欣筆陣圖，書述。所謂撅、壓、鈎、揭、抵、拒、導、送這八字法，一名撥燈法，傳自鍾王。他又把所藏一些名賢墨蹟在保大七年，命曹參軍等摹勒上石，名昇元帖，是法帖之祖，在淳化帖前一大貢獻。《硯北雜誌》曾載他評唐代書家的話，是他不獨為書家，亦書評家。澄心堂紙、李廷珪墨、韶尾石硯、玉筆管；這些是他作書時特有的工具，都是書史上的佳話。

　　　　　　　　　　　　　　　　雲師（51-01-27）

42

畫家李煜

　　李煜不獨書法那麼好，他的畫也是拿手的。據說他以翎毛為最工，宣和畫譜記御府所藏他的作品，有拓竹霜禽圖、柘枝空禽圖、秋枝披霜圖、寫生鵪鶉圖、竹禽圖、棘雀圖。客杭日記上記盛季高藏他的墨竹鸐鴿圖。

　　雲煙過眼錄記謝弈修藏他的戲猿圖。圖畫見聞志記王相藏他的雜禽花木圖，李忠武藏他的竹枝圖，皆是希世之珍。他所畫墨竹，自根至梢，一一鈎勒，謂之鐵鈎鎖。自己說只有柳誠懸有此筆法。他如人物山水，無不工妙。西山翠崖廣化院有他畫的羅漢；武林舊事也提到他那林泉渡水人物圖，還有張丑說過他的江山攬勝圖水墨短卷。他作畫每題名鍾峰白蓮居士，或蓮峰居士，或鍾峰隱居，亦可作鍾隱。至於他的藏書之豐富，以及由他倡導而成的南唐畫風，那另是一事；即論他自己的作品，說他是個畫家，當之也無愧的。

雲師（51-01-28）

韓愈的母與女

　　對於韓愈的母親提出疑問的，早就有沈欽韓。沈氏根據他的〈祭嫂文〉：「言父卒而不及其母，蓋所出微，終喪已嫁，故鞠於兄舍。」這完全是推測的話。黃天朋的假設，是在韓氏生下來兩個月後，他母親就死了；因在〈乳母墓誌〉上有「愈生未再周月孤」的話，所以認為母在父前死的，他父死時，他是三歲。胡適也想入非非的講：「退之或者是婢妾生的，生產後她就改嫁了。」既然是婢妾，又何必「終喪」呢？韓愈的父親韓仲卿任秘書郎，是個小官僚家庭；何至他一死，就要把婢妾遺嫁呢？韓文對他那家庭敘述得很明白，何以對母親的下落，如何沒有交代？他母親真是一個問題人物了。至於他女兒共是五人，殤了一個。因為皇甫湜為他作墓誌，行文用了不同的「婿」字，於是反而弄成了問題，後來還有人說他是一女二嫁了。皇甫的原文是「夫人高平郡君范陽盧氏，孤前進士昶，『壻』左袷遺李漢，『聟』集賢校理樊宗懿，次，女許嫁陳氏，三女未筓。」李漢是長女婿，樊宗懿是二女婿，次（我在此斷句，就很明白，表示其次，並非第二）才許嫁的三女兒。那未筓的「三」女，三字黃天朋疑是五字之誤，根據事實，卻是五女。據「本傳」嫁蔣係的該是五女，所殤一女即「挐」，集中曾有壙銘。皇甫氏不知道為什麼寫女婿的婿字，忽作壻，又忽作聟，因此產生糾紛，還有人疑心是撫養女兒，撫女的丈夫就該叫做「聟」不成！那樣一說離題越遠。

紅棗

聽說今年棗子是個豐年，從前斤半白糖換一斤的；今年一斤糖可換三斤棗，因此南貨店和土產公司裏，棗子特別暢銷。我有個兒子從北京南歸，帶了一大包紅棗給我，在過泰安時又買了兩包芽棗，這芽棗是沒有核的。並不頂甜，這樣生吃，可以當點心。我記得小時候，曾祖母每天在飯鍋中用冰糖蒸一種灰棗給我吃，說這個也可以止咳。灰棗就是黑棗，這種棗，山東產量最多，平常北貨行裏也有賣的。

至於紅棗，是天津的好，煮粥時放上幾個紅棗，又香又燥濕。饅頭或者饃饃上點綴一個紅棗，也是有色有味的。這種吃法是很大眾化的。如特地蜜漬製成的密棗，那就有少數人所能享受的了。煮爛了棗而成的棗泥，又用棗泥做的糕、餅之類，也是比較精美的食品。這些棗子也算是年貨之一，近來棗子的銷場當然要日益旺盛了。不過棗很容易飽人的，誰也不宜多吃，與其吃整碗的棗子，我覺得反不如一杯糖水上飄幾個紅棗子，倒怪有意思的。

民間因棗子諧「早子」兩字音，認為它是最吉祥的食物。在婚禮中，棗子往往派著很大的用場，作為「早生貴子」的預祝。這種民風，實在也是很有趣的。

飲虹（51-01-28）

45

學習辭典

　　黎錦熙先生託一位余君問候我，並贈我《學習辭典》樣本一冊，這書自一九四九年九月開始編輯，到一九五〇年十月完成，現在印刷中，最近就要出版。它所收新詞至一九五〇年，將來每年再印「新詞年編」，作為補充。至於這書編輯目的，是在新中國隨著政治社會的飛躍變化，到處湧起學習的熱潮；人人對新事物有了敏銳的感覺。為了節省大家探索詢問的精力與時間，用這辭典來替大家解決一部分問題，固然是以政治學習為主，同時也照顧到文化學習和業務學習的重點需要。所以凡學習所用重要書籍文件裏習見的詞，皆盡量採納。史事限於國內外革命的及反革命的大事件；人物也著重於革命者或反動頭子，以及工農兵模範英雄等；工農兵應用的新術語也無不酌量採收。文藝是取其有現實價值的，古事古人取其有新批評或新被發掘的，收詞共計五千條。附錄文件，如：共同綱領，各種組織法，極便隨時查考的。黎先生仍在主持北京師大那中國大辭典編纂處，為這書卻費了十三四個月，可謂為人民服務的一種工作的成績了。

（51-01-29）

捏造的虬髯客

余蒼先生在一月二十四日亦報上寫了一篇〈虬髯客〉，提到朝鮮古詩人柳惠風作的二十一都懷古詩，他不獨指證虬髯客當日所到之地，確是高句麗本部，而且相當肯定地認為虬髯客就是蓋蘇文。我對這問題很感覺著興趣。本來〈虬髯客傳〉的作者是誰，論者不一，有的說是張說，有的說是杜光庭。這是一篇傳奇文，現在我們叫它做唐人小說；內中的情節多半是不真實的。研究〈虬髯客傳〉寫作的動機，平常我們是認為拍李世民的馬屁，這一位所謂唐太宗，他本來就是個大鬍子，據說他這虬髯上還可以掛弓矢哩。李世民也，虬髯客也，二而一、一而二者也。把個虬髯客說得那麼英勇神奇，因為看到李世民，覺得他才是「真人」，於是認為天下有主，他就向什麼海外扶餘去稱王建國。這不過是阿奉李世民罷了！實際上本無虬髯客這個人，更談不上扶餘是高句麗本部的話。所以我看柳惠風先生不免太書呆氣了，他竟以小說當做可信的歷史，而搞起「考據」來了。不知余蒼先生在這一點上，又是怎樣的看法。

飲虹（51-01-29）

申江書院

　　這是上海的一個古蹟。也算是帝國主義對我們文化侵略的一據點：就是明代潘恩故宅所改建的申江書院，後又名敬業書院。那利瑪竇還曾用為住所，中間有一觀星台，康熙時，禁天主教，才籍為官產，創辦書院。屢次捐募，屢次修建，在上海當時是被稱為優缺的，大家都爭著做山長。同時這地點又成了招待所，那時還沒有「仕宦行台」哩。可是同治乙丑年，法國人說原先是天主教堂，一定要收回這書院。只好移建縣東舊學宮基，仍然叫敬業書院。《上海縣誌》說那觀星台高二三丈，湖石疊成，極玲瓏嵌空之致，盤旋上之彌迂遠，前鋪紫石為階，刻黃赤道及經緯度。乾隆間修院廢之，在王韜作《瀛壖雜誌》時，石砌猶有可識。在今天當然都不可蹤跡的了。

雲師（51-01-29）

48

談取名

　　替孩子們取名字，的確是一件不容易的事。我有七個兒女，他們的名字都是人旁的，單名。老妻表示她對這些名字，認為叫起來不響亮，又單名必須連著姓叫，她也覺得不合理。我因此對她講了一個響亮名字的故事，說一個姓龍的，請人為他兒子取名，那先生就取了東庠為名，並以啟古為字。龍先生說，要響亮一點才好。那先生講〈啟古龍東庠〉是全副鑼鼓拿出來，再響亮也就沒有了。至於單名，有人說：好像《三國演義》裏的人物，連著姓叫，豈不省事，免得問了大名，又要問尊姓。我倒不覺得有什麼不合理的去處！還有孩子們自己提的意見，這是值得注意的。他們總認為我選的字太僻了。例如「倜」字常常被人讀作「周」知道音「惕」的並不多。又如「倞」，又如「佶」，有時認得這字的就很少。在我以為比太炎先生的女公子們，什麼四個「工」字或四個「又」的名字，已是普通了。孩子們要求名字的筆墨越少越好，越普通越好。響亮不響亮，單名或雙名，他們或她們倒不需考慮。本來一個人的名字，只是一種符號，只要用得慣了就是。

（51-01-30）

牛骨髓

　　偶然去看一位老友，他正在忙著煉牛骨髓的油；我問他是不是制油茶？因為北方人是有這種做法的，他說：油茶需要麵粉糝在裏面炒的。這不是油茶，這是洪範五先生傳授給他的法子。洪先生曾跌傷過腿，雖然骨科治好，平昔走路就不甚得力；雨雪的天，這腿更沒勁。可是他接連吃了兩年牛骨髓的油，他感覺腿勁增加了。因此常勸人每天喝早粥或吃飯時，加這麼一勺牛油。我這位老友正是接受他的話，預備趁著九天服用。「不過，牛肉店裏的牛骨，通常很骯髒的。牛肉莊的乾淨一點，但也貴一些，一磅約人民幣一萬元。」像我這樣患血壓高症的，當然不能吃。以往一些人在九天會進些滋補品，牛骨髓自然算不得什麼珍貴補品，雖然費點事；趁這時候吃一點，不管果真是否增加體力，對健康恐怕多少總有些裨補罷。至於我今天，在九天每日喝梨汁一盅，頗有止咳化痰之效，氣管炎的毛病還不大犯，我的身體似乎比以前也有進步了。

飲虹（51-01-30）

凍瘃

　　我在十幾歲時，讀莊子，對那不龜手之藥的一節，最有興趣。因為那時每逢冬季，我必定要生凍瘡，不獨手腳如此，連兩隻耳朵幾乎凍掉了一半。有人說在端陽節正午時，用人糞塗在冬天曾患有凍瘡處；這年冬天便不會再生凍瘡了，這種可笑的單方，我都照辦過的；當然不會生效。後來歲數大一點，在北方又待過些時，漸漸感覺避免凍瘃的好法子，是保持溫度的停勻。例如在風雪中行走，驟然闖進一間生火爐的屋子；一冷忽然一熱，這最容易生凍瘡。北方人生凍瘡的比較少，一來是有耐寒的習慣，二來是他們會保持這溫度的停勻；反而南方人極容易生凍瘡，並不是皮膚生得太嫩了，是在寒冬時太貪暖了，這一暖就暖出凍瘃來了。與其事後藉藥物來擦治凍瘡，不如事前去防止凍瘡的發生。我在四十以後就沒有生過凍瘡；這原因很簡單，因為在寒冷時就學著耐寒，絕不突然往暖處去躲的。

雲師（51-01-30）

太平軍定都金陵

　　群力劇團在南京演出《太平軍定都金陵》新戲，雖然天氣是冷到零下幾度，為著興趣，仍然往明星戲院去了一趟。在大體上，我對此劇還是滿意的；不過其中有一些錯誤，需要改正，如湯貽汾錯成了楊貽芬，他分明死在南京，而且不是現任官吏，怎樣說他是在宿松殉節？尤其是他妻子也上了吊，這錯誤犯在別的地方，也還罷了；在南京是不應該的，因為南京人對這一位儒將太熟習了。此外扮陸建瀛的，還嫌太精明了。那著名的蔣麻子蔣文慶，他們的性格似乎和扮演的也有距離。其中穿插工人任德發，和李驥及其女兒紫玉的故事，怕是編劇者捏造的罷？

　　說明書中又提到龔德樹和張洛行，都沒有登場；大概有一段情節已刪節了。從太平直趨金陵，這本是由石達開指揮的，若說在武漢三鎮的戰役起，就歸他統率；這與事實不符的。開場處最少要給楊秀清露面；所以定都金陵，相傳是個舟子的建議，也得要點明一下，表示是預定的計畫。總之，群力劇團在這本戲上多少是費過他們的心力的了。

（51-01-31）

祀竈

　　照農曆新年的習慣，在除夕前四五天要送灶的；所謂「君三民四龜五鱉六」，通常是在二十四日晚上便送竈神上天，叫他「上天奏好事，下界保平安。」祀竈的手續，有焚竈馬、化竈疏、供竈糖。過去有些禪寺，在這時是靠賣竈疏弄一筆錢的。那竈疏只是薄薄的紙糊成的。還有糖餅店定製的竈糖，做元寶狀。這裏又分什些金元寶、銀元寶，金元寶是有芝麻的，銀元寶是用百果糖做的。為什麼供竈糖呢？據說，拿糖把竈神的嘴粘起來；所以仿元寶樣式者，因元寶沒有不愛的。這竈糖可算貪污的濫觴了；這兩年祀灶的風氣已逐漸改變，原因固然是破除迷信，不相信鬼神這一套；多數人家不上大竈，改用爐火，這也是不能保持祀竈這風俗的理由。既然不送，當然無所用其迎接。只有孩子們為灶糖還惦念著哩。

雲師（51-01-31）

53

閒話《筆生花》（上）

　　《筆生花》這一部彈詞，對於我太熟悉了。先母在日，自她三十歲左右，到她快七十歲，這四十年之中，不知道看了多少遍？甚至在流亡期間，她老人家也要買一部《筆生花》來看。她能整段的背，又愛引筆生花中人物，與眼前的事實相結合，如遇一位性情比較暴躁的少婦，就要說簡直是「沃良規的性格」；如日常生活中遇到波折，也就會以「姜玉華的境遇」來安慰你。尤其是姜惠英喬裝改扮成姜峻璧，高中了狀元，這情節是最感興趣的。我曾問過我母親的意見：究竟《筆生花》和《紅樓夢》，老人家愛讀這兩部中的那一部呢？她老人家很果斷的答覆我：《紅樓夢》固然好，《筆生花》尤其好；我愛讀《紅樓夢》，尤其愛讀《筆生花》。據我觀察，若從她看的遍數來計算，確是《筆生花》比《紅樓夢》不知要多了若干次。可是始終不能引起我讀這《筆生花》的興趣，也許因為我的成見太深，一看到七字唱的文章，便有些索然了。這兩年是由於受到上海評彈風氣的影響，在評彈的熱潮中，我忽然聯想到《筆生花》，於是翻出來看了幾天。我母親過世已三年，在今天是居然翻閱到《筆生花》，這是從前所不及料的。不過，匆匆的一看，我不夠說它的好壞得失，我只談一談，我所見到它的形式。至於深入的批判此作構成的意識，只有俟諸異日了。

（51-02-01）

閒話《筆生花》（下）

　　《筆生花》的作者，相傳是淮陰邱心如女史。關於作者生平，我們知道得很少；但從《筆生花》每回的發端，我們可以知道一點。作者將她私生活的情形在敘述故事前，一定要表白一番，這是特色之一。即以第一回為例：「深閨靜處樂陶然，又值三春景物妍。花氣襲人侵薄袂，苔痕分影照疏簾。清畫永，惠風暄；最好光陰是幼年。堂上椿萱欣具慶，室中姑嫂少猜嫌。未知世態辛酸味，只有天生文墨緣。喜讀父書翻古史，更從母教嗜閒篇。大都綺閣吟香集，亦見騷壇唾錦聯。新刻再生緣一部，當時好者競爭傳。文情婉約原非俗，翰藻風流是可觀。評遍彈詞推冠首，只嫌立意負微愆。」下面一段皆是批評《再生緣》的話，然後接著道：「紅餘消遣憑書案，筆生花三字題名作戲編。原也知書誠末事，聊博我北堂萱室一時觀。閒文表過書歸正，且敘其中起首緣。」還有一特色是每回不像其他小說作回目二句，它是四句，如第一回：「感神明瑤宮謫秀，微夢兆綺閣留芬。惱權臣欺心圖害，求吉士執意許婚。」這大有元代雜劇兩句正名，兩句題目的遺意。全書的篇子，也是寫得相當有詞藻的，不過多從熟在人口的唐詩中蹈襲而來。平心而論，能讀《筆生花》的，也要相當的文學素養，似乎不能算是大眾化的作品。過去寂居深閨的小姐太太們，所以愛讀它的緣故，只怕還是因為作者的生活背景與讀者的環境相接近的緣故。照此看來，每回前面一段閒文，倒不算是閒文了。

（51-02-02）

洪秀全的畫像

太平天國起義百年紀念展覽會，已於一月二十七日在滬揭幕，連日報上曾討論到洪秀全像的問題，據我所知，前德使陶德曼所收藏的一幅畫像，現已歸張舜銘，這幅像本是彩色的畫，在照片中還有看不清楚的地方，但和展覽會中陳列的塑像，顯然有不同之處。畫像上的披髮，高顴，大鼻子，頸紋一折表示他還算是胖胖的人，這些都無關宏旨，最可注意的是服飾，這畫像□□□□所傳天德王洪大全（即焦亮）所戴□□，所穿的開領的袍，是一樣的。洪大全在供狀中提到他與洪秀全在永安建國時，一樣的穿戴，秀全是太平王，他是天德王，大有平起平落的意思。展覽會中陳列的塑像，在服飾上與兩幅畫像都不同，這是值得研究的。雖然畫像未必就是對著洪氏本人畫的，像與不像不能肯定的說，不過服飾是那一種對，這似乎應該得到一個正確的答案。

飲虹（51-02-01）

雕版與活字

　　南京文物保管委員會要在春節期間展覽我們偉大祖國的各種製作，其中有雕版與活字一項，也在陳列之列。囑姜文卿刻書處作一套模型，有貼樣未刻的板，有發刀的板，有挑刀的板，還有挑刀、粽刷等等刻印工具。我曾寫過一本《書林別話》專談刻印裝訂程序的；因此展覽時，需要說明書，刻字處也就託我代作了一份。關於雕板，當然從五代時蜀大字本說起；宋代臨安陳氏書棚巾箱本的特色，福建麻沙本的粗率等缺點，也一一指出。南京在明代，這三山街就有世德堂、文林閣、富春堂，這正是雕版著名的地方。說到活字板是始於宋一布衣姓畢名昇，他刻泥字作活板，後來明代字雖由泥改木，而板仍用泥的。直到清乾隆時有位涇縣翟金生，花了三十年工夫，改造活字板，造了十萬多字，這樣活字板才日漸完善，他又著了本《泥板栻印初編》。等到機器印刷輸入後，用鉛字排板；於是木活字也變成歷史上的物品了。

雲師（51-02-01）

地主二三事

我是在城市中長大的人，當然我的子女也是跟著我在城市長大的；因此我們對於鄉間田作的知識缺乏得很。當此近郊著手進行土改時，我的長女擔任一個鄉區小學的校長，她和全體員工每天必須學習土改一兩小時，預備協助這工作。她在當地學習，得到不少資料，偶然對我談起，在我也算是新吸收的知識了。第一，她說，當地曾有拿十八畝地，當做二十三畝地租給人的。分明每份是八分地，他硬說是一畝；你不認帳，他就不租；像這樣的無理的剝削，居然維持好多年了。第二，有從光緒十幾年時，就租了地來種的，五六十年的勞動力，只換得依然是一貧如洗。中間不知道經過換了幾次的押板金，結果都是在錢最不值錢時發還，隨即要重繳。有一次，要一百担小麥作押板，他實在付不起，賣了親生女兒還是不夠；那地主用十担小麥便收回了地。還有，一個惡霸地主對佃農們說：「你們現在是紅頂子，對我搗亂，將來要叫你們的紅頸子底一天。」嚇得佃戶們不敢向他鬥爭。而且的確知道他曾為著索租金踢了一個孕婦，當場流產。在當地「重整組織」以後，已把他找來，由農會的協助終於向他鬥爭，他並已向人民低頭認過了。使我從這些小事，才稍為瞭解過去農民過的是什麼日子。

飲虹（51-02-02）

十一號汽車

　　不知是何人說起？又不知是從什麼地方說出來的？叫我們自己的兩條腿是十一號汽車。這自備的汽車是天生的，既不需臨時加油發火，也不要掌輪用十足的馬力。隨時隨地這十一號汽車都可以把你送到，不像那些汽車對深巷狹弄還不能到達的。每個人當然都有這十一號汽車，然而汽車的速度，各不相同。所幸我在那山坡多的地方，住過十來年，缺乏交通工具，只是靠這十一號汽車來來往往；要不是這樣地訓練，我更感覺步行的吃力。住慣了山坡，一旦到了平地，走起來真是行所無事，相反地在初到山坡地帶時，我的地圖就比人家差些，人家行走的是立體路線，而我只限於平面。從小看車坐車、看轎坐轎；把我這十一號汽車慣壞了，幾乎使它生了銹。現在我根據山坡上十年的訓練，天天開出我的十一號汽車，不匆遽、不衝撞，慢慢的增加我這汽車的速率。

雲師（51-02-02）

《金姬傳》

最近在《齊雲樓》這兩回中，大談李金兒的故事。的確，談張士誠所領導起義的本末，金兒是唯一的富有傳奇性的一個人物。過去記載李金兒的明楊儀所作的「金姬傳」清代道光年間陳璂刻入《澤古齋重鈔》。它是用嘉慶時張海鵬輯印的《借月山房彙鈔》的。據江寧鄧氏《寒瘦山房鬻存善本書目》卷四載有鈔本一冊，前有嘉靖二十五年鄧韍的序。鄧孝先生記云：「金姬傳敘述良異。其實金兒未曾委身士誠，不得以姬名也。然因姬故，士誠二子得以終冒李氏，其祀不斬；姬之所以報張氏者厚矣！」至坊間看到石印本的《說庫》第四十二冊，有《李姬傳》一種，就是《金姬傳》，這金李一姓之改，其中是大有文章的！前序疑即鄧韍的那一篇，似乎並非完璧，分明說是「海虞前憲副五川楊先生著」，而裏面又作「清人撰闕名」，這錯誤是不可恕的。當然把個李金兒說得活靈活現，在今天是不能存的。尤其李金兒那麼樣的死，死得更奇。《齊雲樓》作者是現時人，倒要看它怎樣解釋李金兒的性格？又怎樣說明她死的原因？

（51-02-03）

敖英的教子法

明代中葉，有個敖英字東谷，他的力氣很大，愛和人打架；不知道為著什麼事，這一天踢死了一個皮工，因此逃亡在外邊好多年，他的妻子沒有生活了，左等他不回來，右等他不回來，這婦人只有準備再嫁，好不容易談好了一門親事。這一天，接親的正來到門前，敖英突然的回來了，當然他那妻子不肯再嫁了，他曾寫下這麼一首詩：「傷心鴛侶乍分行，鴻斷鱗潛十五霜，歸馬不隨今夜月，桃花應向別園芳。」據此詩，他離家已十五年。他經過這件事以後，他的為人改了作風，和妻子又生了兩個兒子。他在《綠雪亭雜言》中批評朱買臣休妻事，他認為朱氏這舉動是不對的。當時的人笑他，說他「家貧難娶，隱忍與居」，這是不應該的。又他在正德辛巳中了進士，而他不教二子讀他所讀的詩書，去學習生產作業，當時的人又笑他這樣的教子！平心而論，敖東谷這一舉動，尤其可敬，假使他就算「教以詩書」，請問這「二子既長」，對人又有什麼好處？「生產作業」不獨能解決自己生活，而且還多少有益於人；那些朋友沒有他的眼光，還要笑他，可見明代那些知識份子的眼光短淺。在今天要說一句公道話，敖英這人畢竟是比較頭腦清楚的，他知道逼妻子準備改嫁是自己的過失，尤其他這教子方法，我們簡直該向他看齊。

飲虹（51-02-03）

離合詩

　　有一位青年朋友，舉唐詩人皮日休的一首離合體的詩「晚秋吟」來問我。他不懂什麼叫離合體。我指著原作：「東皋煙雨歸耕日，免去玄冠手刈禾。火滿酒爐詩在口，今人無計奈儂何。」這第一句前六個字皆不相干的，只留下「日」字，跟第二句的「免」，合起來便成「晚」字。又把第二句的「禾」字，跟第三句第一字「火」，合成個「秋」字。第三句末一字「口」，跟第四句「今」，合成「吟」字。一首二十八個字，不過將題目「晚秋吟」三字交代清楚而已，望著題字的筆劃，憑空想像出幾句話聯貫起來，實在近於文字遊戲，和文虎差不多的。離合體的起源很早，不是晚唐才有的。小資產階級知識份子閒著無聊，弄這玩意兒消遣，我個人覺得它沒有什麼意思。那朋友也說，不過因為不瞭解它究竟是種什麼性質？原來就是這樣子的，什麼離合體，還不如猜謎呢。

雲師（51-02-03）

法院作證記

　　人民的法庭我還沒有機會觀光過,前天忽然接得南京市地方法院的傳票,要我去作證人。這案件是私立崇善小學的教職員,為著工資的糾紛,控訴崇善堂。我是這堂的常董,同時也是這小學的校董,因此民庭要傳我去問訊,並且要我擔任調解人。審判員也是個五六十歲的了,他問訊得極扼要,隨問隨筆錄,又隨時去傳原告,傳被告,傳證人;他是審判員,卻兼書記官,兼庭丁;從搬椅子起,件件都是自己幹。我對於他這種服務精神,佩服之至。但,在法院中不止他一個如此,可以說個個如此。我從下午一時三十分,進民庭第三室起,五時三十分,才走出來。在我們進行這一案期間,同室還另有兩個審判員在審訊別的案子。大概房產糾紛最多,只是有一位女審判員好像審理的一件離婚案,一男一女很憤怒的走進來,在半小時談話以後,那男子笑起來了,說:「本來沒有什麼!……」女審判員和那女的說:「好了,你們還是和好如初罷。」她又送這兩口兒出去了。我坐的地方,跟那一審判席有相當的距離,詳細情形當然聽不清,然而像這樣痛快的解決方式,怕前此所未有罷。我心裏是這樣想。至於我們這一案,因原告人多,我無法當場調解。在五時半後,法官退庭去參加學習,我也只好庭外去進行了。

(51-02-04)

蓴菜與鱸魚

　　這是一個老笑話：就是說有一位講究飲食的人，他的廚師這天忽然買不到什麼可吃的東西，割了一塊破衣箱上的牛皮，放在雞湯裏煮；竟被主人大為賞識，認為最是美味。那一塊破舊的牛皮本身並無味道，全虧雞湯的幫襯，恕我不恭用這笑話作例子，來說蓴鱸。蓴鱸的本身之無味道，也和破舊的牛皮不相上下。蓴菜那樣軟綿綿的黏拖拖的一搭兒，要想找出話來稱讚它，至多不過說它有「清氣」；實在是毫無味兒。像鼻涕似的，講色也講不上。用瓶裝的且不談，就是新起水的，還不是一樣兒。平心的說一句：四川那白木耳還可以當藥物；這蓴菜又有什麼特性哩。至於鱸魚，我品嚐的經驗更多了。記得我在十多年前，就批評鱸魚不是本身有味，要靠好湯；陳陶遺先生對我說，吃鱸魚要看什麼時候，最好要在冬天吃。在冬天，陳老先生並特地請我們吃過一回。我還是說：「上了蘇東坡的當！什麼巨口細鱗狀如松江之鱸，都是騙人的話。」同席有好幾位是講究吃的人，也沒有什麼佳評。固然本身無味，靠湯的味道的說法，依然沒有打破。所以重視它們，還是受張翰的影響，他在洛陽見秋風一起，便想到江南的蓴鱸，浩然有歸志，因見這一句話，就當做它們是美味：那才可笑咧！

飲虹（51-02-04）

64

兩種裘

據做皮貨生意的人說，真正能禦寒的如羊裘，甚至狐裘，也有人來購買的。最沒有生意的是細毛，像銀鼠、灰鼠之類。我覺得這皮貨本來可以分做兩種：一種是禦寒用的，一種是裝飾用的。羊皮禦寒頂好，又普遍；狐當然比較貴重一點，然而究竟還適用。什麼灰鼠、銀鼠，不見比棉襖取暖，除「擺闊」以外是沒有別的道理。其日趨淘汰，無可詫異的。同時，我聯想到那多年不見人用的耳套，現在跟手套一樣，又被人用起來了。風帽究竟太累贅了，耳套是用於局部的，在南方尚不需要一古腦兒的包起，耳套又重被採用，完全是為切於適用。在新社會中只要適用或實用的，無不可以保存或改進，甚至於推廣它的。從這兩種皮貨生意的興衰也可看出這情況來了。

雲師（51-02-04）

談表字

怕這是我們中國人所特有的情形罷？一個人除了一個名，還要有一個表字。一到了二十歲，人家碰到就要請教「台甫」。你要是「以字行」，把名「存而不用」還則罷了。若是相反地只有名並為字；人家問起「台甫」來，我說：「我是沒有台甫的」那就不免有一些「那個」了。這當然是舊社會的風氣。為著簡單明瞭起見，也曾有人主張「文字統一」，也就是取名外，別無表字。然而朋友間往往又好取一些綽號，並不嫌多。文人們的「自署」、「別號」，連什麼軒主、齋夫、亭長等等，以往更是繁雜，在新社會中「筆名」還是有的，這跟表字的性質不同。舊日的社會習慣，覺得彼此稱名道姓是不大恭敬的。人到了二十歲，也得有個表字好稱呼。這與封建時代用他的籍貫相稱：如袁項城、張南通，或死後的諡法，什麼曾文正，左文襄之類，用意相同。我們要取消這名外有字的制度，第一步先要破除稱名不恭敬的觀念。每個人有了一個名字，就拿這名字通行在新社會裏，不必分別什麼名或什麼字；只是名字是代表我的一種符號，沒有尊卑的意思含在裏面。這樣經過一個相當時間，「名字統一」就可以實現。至於寫文章用筆名，這是另一問題了。

（51-02-05）

讀者與書

　　早些年我研究元明曲最起勁的時候，對於罕見的曲籍，搜討頗費氣力。只要得到這麼一本，不管刻本也好，抄本也好；借來錄個副本是很不容易的事。心裏未嘗不想書的主人把它翻印一下，但印多了不會有這麼多人需要，印少了成本又費得多。我這感覺到每本書，它的讀者就該組織起來。雖然，我這想法是近於理想的：因為有好書的朋友就會有「居為奇貨」的心理，不肯以諸世的；再者愛好書的朋友，也不會一致的，你認為這書非置諸案頭不可，他又認為這書是在可備不可備之間的。所以我跟任二北先生發起了個曲學社，用去不少時間，卻並沒有收到什麼效果。解放前兩年，我編印的《南京文獻》，每月刊一冊，一共出了二十六期。當時也不覺得這刊物是否為讀者所愛好？停刊差不多也快兩年了，最近各地有一些朋友，常寫信來託我補這一期或那兩本。又有常見面的朋友，認為停刊得可惜。尤其手邊尚存有筆記、小志、日記、別集各若干種。這不獨是同鄉人所需要，文化界同志喜歡**翻翻**這種作品的也就不少。假使跟愛讀者有相當的聯繫，一兩個月的這麼一冊，自然是「眾擎易舉」的。就要有百把個人，每次印它二百冊，豈不可以保存不少資料麼？新的著作與這情況似乎不盡相同，然而一部書必須爭取它的讀者，在這一點上還是一致的。

飲虹（51-02-05）

橄欖

　　我為著痰多，常常買兩顆橄欖來唧在嘴裏，橄欖，我們家鄉是叫青果的。我在川東，曾看過帶枝子的橄欖，是連枝摘下來的。因這橄欖，想起叫橄欖的人來了。那便是遼懿德后蕭觀音，她最善於諷諫，對遼興宗不時進言，弄得他很畏懼她。這一天，恰巧南方進貢一些橄欖，她就拿著橄欖，對興宗說：這東西又名諫果，乍嚐很苦，回味就覺得甜了。你何妨嚐一嚐呢？興宗知道她又借諫果來諫自己了，便對她說：「橄欖，你是不是又要我嚐回味呢？」此宮人便也叫她橄欖，這故事見「名言錄」。黃梅董必武先生題他的書齋就是味諫軒，我不知道董老愛吃不愛吃橄欖，但這書齋的題名是滿有意思的。

雲師（51-02-05）

68

洗年殘

　　今天是除夕，《禮記‧月令》上說：「日窮於次，月窮於紀，星回於天；數將幾終，歲將更始。」這一天，從前叫「大盡日」，在民間也珍視過大年夜。舊風俗值得保存的，就是要理髮、沐浴，所謂洗年殘，這是很有意思的事。陸游有除夜沐浴詩，說得很好：「老人喜時節，良夕當爆竹，未濯三生垢，湯沐意亦足。」除舊生新，這「除」字要能由物質更擴展到心理更好。除夕的晚餐每是「合家歡」這又叫做分歲酒、守歲酒、或辭年酒。各地的稱謂也大不相同：廣東是團年酒，廣西就叫「送舊迎新酒」，川東鄂西總叫它「團年」。也有叫封歲的，也有叫餞歲的，我們江南人通稱年夜飯。有人圖吉利，吃個雞蛋說是元寶，慈菇叫時來，芋艿叫運來，炒豆叫湊投，蔬菜叫如意菜或安樂菜；這未免太可笑了。遠不如洗年殘這種名兒，說著還叫人有些想頭咧！

雲師（51-02-？）

京花

　　春節到了，春節帶來了門前的搖鼓聲，即便是賣京花的。為什麼叫京花呢？不是當地便不會做，因為大部分都是從北京發來的，所以幾百年來仍呼為京花。這些京花多半紅絨剪成的，在花上貼小小的金紙，最暢銷的叫「太平錢」、「萬年輕」。太平錢有雙錢、單錢之別，萬年輕也有百事如意、事事如意之分。無非一些吉利話兒，不獨婦人必須戴在鬢邊；女孩兒也多買來戴的，在我們做小孩子時，十歲以內差不多也戴著太平錢。目前大約三四百元一對，當年是每對四個銅子。因為它比鮮花維得久，做了一筆生意就算了，也不會用了一對，再買一對的。過去北京人南來也會帶京花來送人，不知近年有沒有改進？早些時我逛一次廊房胡同，看紗燈業因為不是生活必須，生意就很蕭條；想起來京花也未必比它高明多少。

雲師（51-02-09）

答思郁疑

思郁先生在二月一日本報，提出兩個疑問，其一就是關於拙刻《南唐二主詞》為什麼不收「可憐九月初三夜，露似珍珠月似弓」？拙刻自稱是「潔本」，目的在把非二主詞排除淨盡。這一首詞是有兩重官司的：一是「深院靜，小庭空」，本是一首〈搗練子〉。徐電發（釚）在《詞苑叢談》中便說道：係鷓鴣天，詞前尚有半闋，即：「塘水初澄似玉容，所思還在別離中。誰知九月初三夜，露似珍珠月似弓」。《詞筌》還特別捧場的說：「此詞增前四語，覺神彩加倍」。把〈搗練子〉寫做〈鷓鴣天〉，他忘記了這兩個的平仄是不同的。而「誰知九月初三夜」這兩句是白居易暮江吟後二句，有《白氏長慶集》卷十九原詩可證。李後主絕不會勦襲他的。好句是好句，但不是後主詞也是可以覺著。這不是我的發現；王靜安先生早就看出了。王先生並且肯定的說：「顯係明人贗作，徐氏信之，誤矣」。至於「深院靜，小庭空」這首〈搗練子〉，我還認為是後主作，據《花草粹編》如此。《尊前集》，非原本，作馮延己詞，我也不相信。

雲師（51-02-10）

71

鴉頭考

鴉頭這個名稱，有三種用法：①專稱婢女，②泛稱小女孩，③有親暱的意思，如父母稱小女兒。據《潛居錄》說，湖南巴陵這地方的烏鴉，平常飛來飛去不避人的。到了除夕這天，娘兒們各取一鴉，用米果餵它。元旦，拿五色絲繫在鴉頸上，把它放掉，看它飛向那一方向？卜這一年的吉凶，名為鴉卜。還有歌道：「鴉子東，興女紅。鴉子西，喜事齊。鴉子南，利蠶桑。鴉子北織作息。」元旦這天，婦女梳頭，先要為鴉櫛理毛羽，並且祝道：「願我婦女，鬒髮髟髟（這字音彪，就是髮長垂的樣子。）惟百斯年，似其羽毛。」湘楚婦女在當時謂女髻為鴉髻。後來鴉子寫作「丫」了。這是把婦女的頭髻跟鴉髻結合在一起，鴉頭就是婦女了。而《留青日札》說：「今呼侍婢曰丫頭，言頭上方梳雙髻，未成人之時，即漢所謂偏髻（音茅）也。劉禹錫的詩：「花面丫頭十三四，春來綽約向人時。」此詩是為樊素而作，樊素是白香山的婢女，花面指沒有開臉而言，婦女成人必須開臉，只有十三四歲的姑娘才是花面的。從字面說，丫頭二字仍以泛稱小女孩子為正義，後來又分出什麼小姐姑娘這些名稱；於是丫頭便用它專稱婢女了。暱稱又是無所謂的。

（51-02-11）

呂百桌

　　鎮江有一個著名的「關門作」的廚行，叫做呂百桌。他有一百副「桌面」，可以擔任開出一百桌筵席來。我曾吃過他辦的菜。他有一等本領，就是知道食客的需要：你是甚地方人？這地方有一些什麼嗜癖？他能供應你的需要；若花費很多錢辦一桌席固行，不花費什麼錢，甚至一兩樣菜，也能教你滿意，吃得很暢適的。相傳他曾烹調兩味，一是清燉桂魚，一是一品鍋，其中放一隻雞和一隻蹄子，供給十多人聚餐，結果這十多人個個讚不絕口。從前人是愛以廚師治饌來比政治的，所以專制時代的宰相有「調和鼎鼐」的比喻。我說這呂百桌，不是為的他弄的菜好吃，而認為他能普遍照顧到食客，能使每一食客都滿意；不管花費多少，他能掌握得大家的需要，呂百桌的本領畢竟是不錯的。

　　　　　　　　　　　　　　雲師（51-02-11）

小叫天故事（上）

譚元壽蒞臨南京，在中華劇場演出，這一個消息頗使我興奮，因為他是譚富英的兒子，小培的孫子，鑫培的曾孫；這一位已是第四代。我們從他曾祖看起，一直看到他，聽到他的戲，不無撫今追昔之感。談起這「伶王」世家，我們要知道其中是有一段掌故的：小叫天在日，是不願意將戲傳給兒孫的，他的志願要他們改行，最好是做官；因為他時常跟達官們在一道，替孫子弄個把官並不費事，那時看戲藝就有到了他這地步，什麼「內廷供奉」，還是瞧不起的。那時代正是有這個大王、那個大王出現；當時小叫天也被稱為伶界大王，他自己是厭惡這個的。因為譚元壽的南來，有一天，我遇到了張久奎，這一位是譚富英所稱為九大爺的。九大爺跟我談起譚家的故事，據他說從十來歲就在他門裏闖，現在也已是六十六歲了。他的話該是可信的，我且扼要的筆談下來，也許可供中國近世戲劇史料之用哩。久奎說：「要說他們下三代所以還能傳點家學，該歸功於小培的妻子德夫人；要不是她，譚家就不會再有演戲的人了。」

（51-02-12）

小叫天故事（中）

原來鑫培所生，只有四子。小培是老五，從小螟蛉過來的；那時德珺如是叫天最要好的朋友，珺如有的是錢，玩票已經很久了；他想跟叫天學點玩意兒，叫天只是不說。叫天的生活習慣是這樣的，每天下了裝才回家，回家已在三四更天，開了煙燈，吃些夜宵，四個媳婦都不大會服伺他，德珺如每在這時來看老友，兩人友誼日深，一天，珺如對他說：「老五也不小了，咱們搭一門親罷。」叫天一口答應下來，他倆就這樣成了親家。小培娶了德女，於是這服伺老爺子的事，由德女一肩擔任。當時大家都知道德女是五年不解衣帶，侍候老爺子的。叫天說：「五奶奶，你這樣孝順我，叫我怎樣報答你呢？」德女說：「這是應當的！」她始終也沒要求過什麼。叫天深夜才睡，睡醒總是上場的時候。張九奎說：「人家講什麼姑爺王又宸是學他的，學他是可以的，他可決沒有教過他。他練一練身段，總是下場回來，我們會偷看看，此外要請教他，他一定也不答應的。」這一年，五奶奶有天晚上，跪在他面前，道：老爺子，老五不是您親生的，他什麼也不會；要是您再不肯教他學戲，他準會餓死！」這樣，叫天才破例答應教小培傳他的衣鉢。

（51-02-13）

75

小叫天故事（下）

　　叫天知道小培不是有演戲的才能，不過五奶奶的孝心，使他無法辭卻。小培第一次的演出是在天津，叫天特地送他去，如錢金福、龔雲甫這班老夥計，都看著叫天面子捧小培。不過，小培第一次的登場是失敗的，雖然台下打通，叫天卻安慰他：「他們不懂，演完了咱爺兒倆回去，你別生氣，不要彆扭，這一份戲只要在內行看來，總是很不錯的！」回到北京以後，在群星捧月下，譚小培居然漸漸露了頭角，尤其是叫天一天天老了，這伶界大王的兒子，便自然而然地漸為時重，德珺如的女兒，這位五奶奶當然也滿意了；何況又生個富英呢？「總之，有小叫天做父親，有譚富英這樣兒子，咱這位老五的福分是夠瞧的啦！」在張久奎的談話，談到此處時，他打哈哈起來了。弄得我對於這第四代譚元壽的戲，非去看不可了。不過，戲票實難到手，已演了兩天，我購票不止四次，還沒有購到票，有些朋友笑我發傻，為什麼這回這樣起勁？我把張久奎所說的故事講給他們聽，他們也覺得醰醰有味；德珺如這女兒，也就是譚元壽的祖母，怕現在還健在吧？譚五真是好福氣。

（51-02-14）

談《香奩集》發微

　　清末有一個滿族文人震鈞，寫了一本《香奩集發微》，是宣統辛亥年在南京刻印的一冊巾箱本。我曾在朋友的書案上看見過，因為過去詩評家對於專集逐首作解釋的書不多，而此書原作是韓偓（冬郎）的詩集，「發微」便是一首首說明作意，並附有韓氏年譜，所以我非常愛看它。早兩天，無意中在書攤上見到了一冊，急忙購歸細讀。《香奩集》多半是假借男女的私情而作，震鈞說它「純是自況」；又說：「詩有六義，後代賦多而比興少，《香奩集》則純乎比興矣。所以最近三百篇。」因此「發微」的成績，也就是對這一百五篇作品，一一據此加以說明。現在舉兩首為例，一是〈詠燈〉：「高在酒樓明錦幕，遠隨漁艇泊煙江。古來幽怨皆銷骨，休向長門背雨窗。」一首很好的詩，題目是燈，怎樣扣這燈字的？他卻沒有說，只說：「此自比阿嬌也。長門永巷，怨雨淒風，反不如酒樓漁艇，可以自適已意。張翰蓴鱸，正此之謂。」又〈宮詞〉一首：「繡裙斜定正銷魂，侍女移燈掩殿門；燕子不來花著雨，春風應自怨黃昏。」情景是多麼美妙的，而他說：「此又以阿嬌長門自比。靜女城隅，如是如是。」說得似是而非，我對這種解釋，依然感到不滿足。韓氏的作品原是受李義山的影響，向來詩評家都說是有寄託的。所謂「寄託」，所謂「比興」，是需要舉出本事來箋證的，有本事提供，則讀者自可探微；像這樣的發微，未免微乎其微了。

飲虹（51-02-12）

寒拾問答

　　金陵刻經處曾刊印過一本《寒山拾得詩》，也許因為比王梵志的作品完整些，讀起來覺得有意思。不過，終竟太落理障，不免有點說教的樣子。《褚石農堅瓠二集》上有「寒拾問答」，他說：寒山問曰，有人打我、罵我、辱我、欺我、嚇我、騙我、凌虐我、以極不堪待我，如何處他？拾得答曰，只是避他、耐他、忍他、敬他、思他、讓他，一味由他，不要理他，你且看他！這和基督教：當人打你左耳光時，你再把右耳光送給他打；是同樣的精神。你且看他，這四個字是最富有阿Q精神戰勝法的意味。在新觀點看來，拾得的回答簡直要不得。「老兄，要是你怎樣答覆寒山這一問呢？」有人這樣對我講，我就說：「乾脆得很，我只有一句話：要向他鬥爭，向他鬥爭！絕不避、不耐、不忍、不敬、不畏、不讓的，我只照樣也以極不堪待他的！」

雲師（51-02-12）

三笑

　　我跟孩子們在一道談天，談「三笑」。雖然這三笑也是明代的事，但並不是唐寅跟秋香。這三件事同時發生在嘉靖庚子年。一是杭州有一位穩婆為人收生，忽然自己的胎也動了，因而成了產婦家裏的另一產婦。二是一個醫生到病家去看病，醫生忽然得了暴病，在病家逝世了。三是有位姓蔡的官兒，本是管糧的，兼權巡捕，這天被盜所掠，看到強盜，他跪下來了，口叫爺爺不止。強盜知道他平常會作威福的，所以特地打劫他。這三件事合在一道，有人作了首三笑的打油詩：「穩婆生子收生處，醫生醫人死病家。更有一椿堪笑事，捕官被盜叫爺爺。」我問他們「那一件最可笑？」書兒說：「第一件，我認為不可能，她去收生，而自己臨月，怎會沒有準備？」位兒說：「像第三件事，從前倒是會常有的，而且想起來，很可笑。與其說可笑，不如說這三事都是偶然的，因偶然發生的事件，再追究這原因，那才覺得可笑哩。」我很同意她的解釋。昭兒說：「跟這三事差不多的，如我們家鄉的諺語，『賣油娘子水擦頭』，還不是一樣的含義，養雞的吃不到雞，織綢的穿不著綢；這都是同等的事件。」我說：「照這樣推論，我對那位死在病家的醫生要十分的崇敬他，怕他的暴卒，就由於服務的努力所致。」我這一說，大家倒莞爾而笑了。

飲虹（51-02-13）

筍

在外國文字中沒有「筍」字，只有「竹」字。我跟幾位外國朋友說過，「你們對於吃竹子還興趣嗎？」他們多半搖頭的。我說：「等你們對它發生興趣，那才夠中國通的資格。蘇東坡的詩道：寧可食無肉，不可居無竹。就是食肉能同時食一點竹，也可以減少脂肪量。」不獨他們對此漠然，就是生長在沒有竹子地方的人，對於筍也會不有興趣。什麼春筍、冬筍、毛筍、行根筍，它們是各有各的味道。浙西的筍乾、川東的筍衣，還有筍皮，又都非常可口。通常吃筍多是醎味，只有用筍的膜製成甜菜，在四川有時會吃到的，那跟銀耳是同樣名貴的。舊日知識份子總是稱竹為師，因為竹甚虛心的緣故。我看，竹是最有用的材料，既可建造房屋，製成各種器皿，如床、如椅、如几、如案，小至筆筒、煙盒，還隨時有筍可吃。向來提倡造林的人，從沒有主張遍地種竹，當然土壤有關係。尤其那些沒有竹子的地方，在今天不知道有沒有好方法可以使它能種竹？

雲師（51-02-13）

屠蘇考

　　新歲飲屠蘇酒，也是個古風俗，據《荊楚歲時記》載：「正月初一，是三元之日也，長幼以次拜賀，進屠蘇酒。」此外王安石詩有曰：「爆竹聲中一歲除，春風送暖入屠蘇。」蘇東坡詩有曰「但把窮愁博美健，不辭最後醉屠蘇。」誰都把屠蘇酒說得嘴兒歪，究竟它是個什麼東西呢？有人說屠蘇一作酴酥，從前人住的酴酥屋子，也就是平頂上面畫的屠蘇草的樣子的，王褒詩：「繡桶畫屠蘇」，《詩話補遺》：「屠蘇草也。」屠蘇草是怎樣的草？《通雅》上說：「蓋闊葉草也。」今廣西傜人呼大葉似蒿者，為「頭蘇」。頭蘇與屠蘇近。《四時纂要》說屠蘇是孫思邈庵名，《天中記》說：「屠割也；蘇，腐也。」這也不大可解。還有的說飲屠蘇酒要從年少的飲起，《時鏡新書》載：晉海西令問董勳曰：正旦飲酒，先從小者，何也？勳曰：俗以少者得歲，先酒賀之，老者失歲，故後飲酒。顧況詩云：「不覺老將共春至，更悲攜手幾人全；還丹寂寞羞明鏡，手把屠蘇讓少年。」這和裴夷直的「先把屠蘇不讓春」，成文干的「屠蘇應不得先嚐」，一樣可以看出飲屠蘇是照年齒次序的。

飲虹（51-02-14）

般般醜

　　我在元代曲家中，最愛王鼎和劉庭信兩個人。王鼎的作品如「王大姐浴房相打」之類，雖是說得突梯滑稽，但他在話中有深刻的諷刺，是從一種反抗情緒產生出來的。還有一個是劉庭信，他是南台御史劉廷翰之本家兄弟，當時稱為黑劉五體。向來說他信口成句，把街市俚近之談，變用新奇。不獨形成一種特殊風格，而是嬉笑怒罵，恣縱不拘。中國就少這種詼諧作家，只是曲中才有他們，和明代的陳全恰好鼎足而三。相傳當時有個女人姓馬字素卿，最工音律，她自名般般醜，頗仰庭信的大名。這天兩人路遇了，就有人來介紹，說「這位是劉五舍，這位是馬般般醜。」庭信看了她半天，道：「果然不虛傳」。馬氏大笑，從此成了莫逆之交。劉詞馬唱，一時大為熱鬧。請問一個人自稱般般醜，她這種作風也算少見的了。

雲師（51-02-14）

新春憶舊

在這春節時候，最容易回想起童年來，越是要它不回憶，舊影幢幢，偏地闖上心來。我曾在曾祖母膝下長到十四歲，元旦到了，曾祖母替我一封封的包好紅紙包，有的製錢四枚，有的六枚、八枚，最多的也不過十枚。路分城南，城北，門東，門西；親戚也分好父母黨，那時還沒有妻黨。這拜年一個節目，大致從正月初一可能排到十五。所謂「過了正月半，大家尋事幹」；怕十五還未必能拜完了年。這一期間，我至少要磕幾百個頭，磕了張家，爬到李家；後來我看到明代劉效祖《詞臠》中有一套《良辰樂事》，題名「拜年詞」，就是描寫拜年情狀，極為生動，跟我小時候忙著拜年的樣子結合起來，並無二致。

再談到食品，最高的是蔥與豆腐，曾祖母認為這是非吃不可的，只有蔥豆腐才能叫人聰明。我在十歲以前，常作女妝，為此容易長大，耳上有環，過了十歲才取去。家裏有一個老管家叫劉升的，給我騎在肩上，在新年幾天中，夫子廟總是他引導我去逛，但見壁上掛著的，手裏拿著的，各式各樣的燈。所以我現在一看，就知道「牌燈」是多年失蹤了，走馬燈也沒有從前做得精緻的了，什麼假鬚、馬鞭、假面花色也一年一年的減少，假面更是不如從前的好。看到這些東西又忍不住想起四十多年前來了。

（51-02-15）

談門符

我家的墳丁，在春節前送了兩把松枝來，不免周旋一番，從她的祖公公談到她的孫子。我們家鄉稱墳丁是親家的，我說：「親家，今年迎春這場雪大得其用嗎？年事想早已準備好了？」她說：「是的，雪是好極了。說到過年，親家不要見笑，香不燒，燭不點，春聯都打算不貼，換兩張門符就可以了。」她提到門符，倒使我想起來了，不錯，門符是另一種形式，有的寫「戩穀」兩個字，有的只用一個「福」字，最有趣的是把「咦！元寶滾進來！」六個字倒著貼在門頭上。通常是「捷報今年萬事如意」「恭喜今年丁財兩旺」之類，要把門符數得周全，也非容易的事。《堅瓠集》曾記歸玄恭（莊）元旦書門符，左曰福壽，注曰南台御史大夫，右曰平安，注曰北平都督僉事；這就不知道他是什麼用意？要比門符再直接的，怕就是「門畫」了。門畫有人叫它春畫，我怕春畫會被人誤會的，還是用門畫為宜。有些「和合」、「推財進寶」、「一團和氣」等名目。與其貼那些完全不能相對的春聯，不如老老實實用門符，與其用古字不易辨識的門符，又不如用彩色鮮明的門畫了。我送走了墳丁，我意味著她貼門符的話，對這件事就是這句結論。年年我們談春聯、作春聯，何不想幾個簡單明瞭的字來作新門符的資料呢？

飲虹（51-02-15）

走城頭

　　在川東每年的元旦，第一件事是全家穿上新衣裳去走墳。不像江南上墳的日子是在清明。新年祭祖不是沒有意義的事，我們的習慣在大年夜前一兩天，將祖先的遺容掛在堂屋裏，還供上一種特製的飥餾是麵製物，其中和一些白糖，一直到十八落燈節拿它煮年糕分散給大大小小的吃。大年夜供祖先的年飯是不用菜的，也許這是我家如此，十三供一次麵，十五、十八供兩次元宵，對於祖先的儀節也就宣告結束。好似不如川東在元旦走墳那樣有意義。可是南京也有一椿特別的風俗，那便是正月十六走城頭。不管多大年歲的婦女戴著滿頭的紅花，爬上城頭（當然是內城），走上十里八里，據說這叫做走百病，只消一走，病就不生，我已多年沒看到這樣的事了。不知道到今天還有這風俗沒有？辛卯的春正，我倒要等著看一看。不過走墳與走城頭完全是兩回事。

雲師（51-02-15）

85

人的身長

「長身玉立」，或「碩人其頎」，是讚美之詞，似乎人身是以長為美的。尤其我們耍筆桿，一搖就是「堂堂七尺之軀」，度量衡的改革，不知是多少次了；拿現在的標準市尺量我們的體長，怕夠上七尺的已不多了吧？而據歷史：黃帝、堯、文王、孔子，皆身長一丈；有的說孔子是九尺六寸。莊周還說他自己在腰以下不及禹二寸。《桯史》上的記載：唐某與其妹各長一丈二尺，禹是九尺九寸，湯九尺，秦始皇八尺七寸，劉邦七尺八寸，光武七尺三寸，劉備七尺五寸，項羽八尺二寸，生交九尺四寸，韓信八尺九寸，王莽七尺五寸。我看到這許多記載，因為沒有同時查考那時代的一尺合現在有多長？不敢說它對不對；也將信將疑的拿它當笑話談。有人說：古代的尺雖不同於現代，但古人也許比較長些。但我看《說苑》上李子敖長三寸三分，莊子注說務光身長八寸，還有漢武帝時那東郡送來的「巨靈」，也不過七寸。《紫桃軒雜綴》上說：有個朱某長僅二尺一寸，腹下即出二趾，無脛脡，肩下即臀尻，無肋可數。那又短小得太奇怪了。至於女人長的如明德馬后、和熙鄧后、相傳都是七尺三寸，劉曜的老婆也是七尺八寸，頗有美名，所幸劉曜是九尺四寸長，兩人才能相稱，這可謂一對長夫長婦了。究竟人的身長從古到今有無變遷，這要有待於專家的解釋了。

（51-02-16）

記燈市

我在春節期內，遊過西安南院門的燈市。南京燈市有兩處：一處是夫子廟，一處是評事街。據向來的記載，最熱鬧的還是北京的燈市，《宛署雜記》云：「正月十日至十六日，結燈者各持所有貨於東安門外，名曰燈市。價有至千金者，商賈湊集，技藝畢陳；冠蓋相屬，男婦交錯，市樓賃價騰湧。」又《燕都遊覽志》載：「燈市在東華門王府街東，亙二里許，南北兩廛，凡珠玉寶器以逮日用微物，無不悉具。衢中列市，基置數行，相對俱高樓，樓設氈毺簾幕為燕飲地。一樓每日賃值，至有數百緡者。夜則燃燈於上，望如星衢。市自正月初八起，至十八日始罷。鬻燈在市西南，有冰燈，細剪百彩，澆水成之。」《慎修堂集》亢思謙〈燈市行〉有云：「新歲融和春色妍，華燈爭市上元前。珠宮璀璨臨長陌，瓊島瑤光散市廛。萬戶千門懸未足，拂檻緣廊利相續。競巧呈奇弗稍休，迷心奪目紛成俗。」在今天這種習尚還保存著。初八叫「上燈」，十三「張燈」或「試燈」，十五是元宵，又名「燈夕」，當然也叫「燈節」，這都是「正燈」。等到十八就稱為「落燈」，算是「殘燈」，燈市是落燈後才結束的。在楊允長的〈都門元夕張燈記〉中說，北京是「十七而罷」，那麼它的落燈是早一天的。

飲虹（51-02-16）

年飽

　　過春節第一件事是吃，第二件事還是吃；吃來吃去，不覺數日了。想到李逵有淡出鳥來的那句話時，簡直這幾天我的嘴要鹹出鳥來了。雞、魚、肉、鴨、大有一見欲嘔之勢。商諸老妻道：「弄點新鮮的蔬菜吃吃何如？」可是所謂新鮮點的蔬菜就不容易找，淡極思鹹，鹹極思淡，道理只是一個。這兩天新鮮一點的：一是蘆芽，可不是新茁的蘆芽，不免有些土腥氣息。摘一點豆苗（即豌豆葉），又一些紫菜薹，使我芳生齒頰，遠過於那等葷濁的食品。我對素食或吃長齋並不覺得怎麼有趣，但吃多了葷濁物，我這胃納就發生問題。因此春節中我吃的特別少，俗語叫做年飽。還有一種迷信的解釋，說由於前一輩子的兒孫供奉的緣故，所以到這時刻就不大想吃東西了。當然，這是個笑話，我建議春節的吃，應該有計劃，按分驟，有調劑，多變化，不要老是拿葷腥往肚裏裝，也不會再有年飽這種事了。

雲師（51-02-16）

送西行考察古戲曲者（上）

　　最近有好幾位朋友，打算往新疆調查邊疆少數民族音樂藝術，有人徵求我的意見，當然我是談不上什麼「老馬識途」的，不過，我對這件工作是有一些意見的。第一，我覺得此行的目的，越單純越好，換句話說，就是研究的範圍越狹越好。例如以「刻孜兒壁畫」為命題，我們不惜用與對敦煌同樣的力量或許更大一點的力量來整理這更古遠一些的壁畫，這工作是有意義的，雖不敢說是必要的，但前此卻還沒有人做過。只消到了庫車，逕行前往。當然關於高昌部分或不只此，為此費上半年八月，一定有相當收穫，可以為我國藝術史放異彩的。其次要談音樂，我認為樂器與樂曲務必分開，作樂器研究的，在龜茲不妨多住些時，頂好深入它的工廠；我要特別提出的不是絃樂器，而是吹樂器。像嗩吶，還有小軍號似的，多半是銅樂；不知在南疆那一處出產的？自然，鼓又是很極繁煩的一個命題；我後來很懊悔的，就是在喀什不曾注意到它，我想，假使在喀什多多調查，至少對於鼓的種類，一定能說得出來。對於輸入進中原的鼓是怎生進來，又怎樣改製的？也會有相當的答案。所以我認為樂器的調查，應該是專題。

（51-02-17）

送西行考察古戲曲者（下）

西行者最易接觸，也最易感興趣的是「舞」。這些舞，恕我武斷的說，它們怕都已是改造過了的。也許，跟舞相配合的樂曲，多少還有保存一點舊的意味在裏面。然而，其中保存的怕也是很微小微小的部份了。我們的專家去參觀過，假使再把樂曲和舞再分為兩部來研究，必能更有所得。我在這上面不曾多留心，是否這裏還有唐時西域的遺留？怕不是憑一二老伶工口說所能遽信的。似乎樂曲需要經過搜集，整理。像「桑桑靡地桑」之類，不能說它不好，它是何代的產物？還是問題。舞也是如此的，能搜集起來，帶回中原長從討論，像友邦蘇聯那樣研究的方式才好。最後，我就要說這些戲劇，如：「塔依爾棗娘」等，聽說都已拍成影片，這些戲的本事早就應該譯成漢字，供大家閱讀。在今日我們當努力的盡量把這些材料取了過來，然後批判的接受，在這裏再潛心去研究，跟中原的樂曲藝術，結合在一起；互相交換，互相影響，一定會產生更嶄新更活潑的新中國的樂曲戲劇。這責任只有最近西行作考察工作的朋友們才能肩負得起。去年程硯秋先生已發其端，今年更是獲有光輝的紀錄的。鄙人敢不貢其拙見，以供諸公之參考乎？

（51-02-18）

柳跖的訴文

　　這裏並不想作考古翻案文章，要把這位被稱為盜跖的和聖人孔子的大作其比較；只是，檢出夾在舊書中的一件遊戲文字是一篇代柳跖的狀子而已。事情是這樣的：海瑞在南京任應天巡撫時，加上兵備蔡國熙兩人都是非常鋒利，不管什麼惡霸，他們非幹倒不可，可是刁風也很厲害，隨時都投有匿名信，其中之一是：「告狀人柳跖告為勢吞血產事，極惡伯夷叔齊兄弟二人，倚父孤竹君歷代聲勢，發掘許由墳塚，被惡來告發，惡又賄求嬖臣魯仲連得免。今某月日挽出惡兄柳下惠捉某箍禁孤竹水牢，日夜痛加炮烙極刑，逼獻首陽薇田三百餘畝，有契無交，崇侯虎見證。竊思武王之尊，尚被叩馬羞辱，何況區區螻蟻，激切上告。」當然其中敘列的一些事實是向壁虛造的。

　　不過，這一場官司不是不可以打的；尤其是今天用新觀點看，柳下惠和柳跖弟兄倆的性格行為，豈能盡同舊日那種說法？這是需要重行檢討的。當這訴文投給海瑞時，海瑞知道是位文人寫的滑稽文字，諷刺他們這種作風，所以也不加追究。假使要在今日，那就該是一篇大文章，批判儒家思想，而且會牽涉到孔子的了。

飲虹（51-02-17）

座客譚戲

　　新年裏朋友遇到，無非談談這兩天所看的戲：從葉盛蘭跳加官、陳永玲跳女加官，還有誰跳財神說起；張二爺拍著胸脯道：「譚元壽將來畢竟是要大成的，莫看他的嗓門低！像余叔岩，極像余叔岩；何況他還是譚家的……」李四哥說：「畢竟是葉盛蘭好，那《白門樓》一齣，並世怕已是沒有幾個人能追上他的了！昨天，他扮周瑜，你看，周瑜，唱的、扮的、做的，無一不好！」他說著，把右手掌在腿上拍了一下。又一位開口了，他是愛哼兩句小嗓子的，接著便是他對陳永玲的批評了！我在春節中雖然沒有看過一次戲，沒有插口發言的資格，但以大家談論的熱烈情況而言，我能預料今年京戲可以大大走紅，劇場門前排著購票的行列，聽說已排過了兩條街，這真是空前未有之盛。

　　　　　　　　　　　　　　　　　　雲師（51-02-17）

談豬悟能

這兩天，我檢了一本殘缺不全，有頭無尾的《西遊記》在看。我是先選定了題目，再翻書來找答案的。因為隔了好幾十年沒有翻閱它了。第一個題目是豬悟能是怎樣出世的？在我依稀彷彿的記憶中，此君的一舉一動，一言一行，覺著頗為天真可愛。記得高家莊招親的一節，極可噴飯。我認為《西遊記》的一大特色，就是把猴子、豬、馬，一個個的使它「人化」。這位八戒先生尤其富有人情味。它敘述來歷答木吒問道：「我不是野豕，亦不是老彘，我本是天河裏天蓬元帥。只因帶酒戲弄嫦娥。玉帝把我打了二千錘，貶下塵凡……」「帶酒戲弄嫦娥」的脾性，它始終並未能改，儘管「捲上蓮蓬吊搭嘴，耳如蒲扇顯眼睛」那一副尊容，而它的風流倜黨，並不讓那班顧盼生姿的少年們。據《西遊記》所寫那「兩鈀」的工夫，也不見得高明；但遇到蓮花，它便驚心：「敢弄什麼眼前花哄我？」這又是它的可愛處了！它不會沖殼子，隨便即說出「眼前花」來，不怕人笑它寒傖，難道還不算它天真嗎？在《西遊記》第八回，它就這樣的出了世，據說跟觀世音一見，它就「持齋把素，斷絕了五葷三厭」；這未免又把它說得太「乖」了！

飲虹（51-02-18）

薺

　　其甘如薺的薺，竟成了不可或缺的年菜之一。說起來要笑掉人的牙！這原因是為著薺與聚字的音近，薺菜就更變成了聚財的諧音字。而所謂年菜無非要菜名吉利祥和，豬腸因腸和長字音同，所以就被採取，雞蛋為的形狀像元寶也以元寶的資格參加在年菜裏。何況薺本來是菜，自然登諸盤簋。其實，薺是野菜，用它做包子餡，用它做燒餅餡都滿好吃的，一定跟雞魚肉鴨放在一起，並不見得可口。而且薺之甘是要嘴嚼的，這種野菜有些清氣，初入口也有些微的苦味。龔乃保的《冶城蔬譜》特地介紹它的風味。我始終覺得它是超越的品格，可以佐餐；若說吃了它就能聚財；怕吃它的人永遠不是聚財的人哩！

雲師（51-02-18）

94

馮蒿庵佚事（上）

遇到一位定遠方頌如先生，他在南京僑寓了三十多年，他是馮夢華先生（煦）的高弟，同時又在馮家任了十多年西席。為夢老教孫子孫女，他知道馮門的賓客如魏剛長（家驊）、羅紹田（運經）等，不獨是我的鄉長，而且都有世誼。於是從馮任鳳陽府知府，山西河東道，四川臬司，談到安徽巡撫。頌老也是幕府之一，他胸中所蘊藏的故事，不獨前此我所未聞，而且校訂不少我舊日看法的錯誤。我始終認為馮夢華先生是效忠異族，媚事清廷的人。不知道恰恰是弄反了。第一，他有一部《蒿庵日記》八大冊，所記大都是辛亥壬子的事，看他對於孫中山先生的語氣，我判斷他純乎是個遺老，和革命事業一定是對立的。第二，旗人如鐵保錫良等都跟他站在一邊；他一定會阻撓革命軍的。第三，袁世凱跟他有過甚首尾？我是完全不曉得的。頌老和我走來就談起袁項城送了一份密電碼給馮，被馮退卻了。在他手上所練的新軍，名義上是段書雲率領，而兩位副的是羅紹田顧忠琛，皆馮夢老所自統轄。袁世凱想拉這位老巡撫到身邊，這如意算盤是打錯了。熊成基案發生在馮去任以後，徐錫麟案在前，這兩案都多少與他自己的態度有影響的。

（51-02-19）

馮蒿庵佚事（下）

　　魏羅兩君皆是我的家鄉人，雖然一位長壽，一位只活到中年就死了，兩人皆相當有才幹。就以冷御秋先生（遹）給端方關了起來，還虧馮老出的主意，由陳善餘偕同羅紹田兩位出面，並以冷先生自己的日記為證物，才保釋了出來。所以將馮老歸之遺民，說他與革命事業無關，也非事實。不過，也只可說是革命同情者，絕不能便說他就是革命者的。民國以後，他以八十高齡，常為賑務奔走；他雖是金壇人，住家住在寶應。他的草書越寫草了，好似黑墨團兒一樣，偶然也寫大碗的楷書。據他同輩人的批評，他的尺牘極好，他的公牘最不在行。他的詞也填得不錯，有人說他的賦也是好手，不過在他的《蒿庵類稿》中，我還是最愛讀他的詞。他的兒子死了，承嗣一孫，這位孫子又死了；聽說現在只有一位嗣曾孫。論其親骨血來，只有一位孫女大鴻，嫁給羅紹田長子會夔，二十來歲也就寡居，如今更是潦倒不堪。頌如先生跟我談起蒿老的遺囑，這個我是不曾寓目的，以他從宦幾十年，家道如此的貧乏，可知清末官吏的貪污畢竟還差一籌。我求他寫過榜書，在他臨終前一日寫了給我；可惜後來毀於日寇！那榜書寫的黑大方圓，並非墨團兒，跟他平日的書風頗有出入哩。

（51-02-20）

過雞鵝巷

　　南京有兩條雞鵝巷：在北門橋附近的一條，相傳馬士英在那兒住過。跟城南褲子襠（今作庫司坊）石巢園的阮大鋮，恰是南明一對活寶。阮馬都富有文學藝術的天才，據說馬士英的水畫，後人都把他的款改作馮玉瑛了。只有陶鳧鄉看過他一幅山水高二尺六寸，長一尺二寸五分，並題云：「鼙鼓中原正急，江南籬菊如何？牛頭秋色正嵯峨，分得一痕到我。偶爾偷將閒紙，任教筆墨婆娑。雖無捧硯小凌波，不道風流不可！」小凌波用揚鐵厓故事。馬瑤草（士英之字）的詩，我見過一首半，一首是見夏完淳《續幸存錄》上的，所謂「若使同房不相妒，也應笑殺竇蓮波。」當係指南明時事而言。還有半首見他為阮大鋮《詠懷堂詩集》所作序中：「禪機相接處，一葉落僧前。」相傳他有個兒子叫馬錫，甚反對這位奸父，沒等弘光即位，他就偷回貴陽，後來隱居未出。清兵渡江時，士英裝扮他母親成太后樣子逃出南京，另有一子馬鑾跟隨著他。《張自雲隨筆》說他走杭州，又走嚴州，結果被清兵殺掉。雞鵝巷，就是他最先逃出的地方。我在貴陽時，有一位朋友給我看過姚士榮的馬什麼貞的洗冤錄，硬說士英是個忠臣，彷彿並未言之成理。

飲虹（51-02-19）

97

紗燈

在北京前門外廊坊頭條胡同那些做紗燈生意的，好多是咱們老鄉。這生意他們是叫宮燈的。春節期間，只有蓮花燈跟宮燈很相像。不過，一個是紙糊的，一個是紗糊的；一個是竹蔑紮成的骨幹，一個是梛木條鬥成的框架；用它做壁燈固可，用它套在電燈上也好。我所以將兩者放在一起來講的，因兩種燈光頗有同趣。不過，蓮花燈一盞只買了人民幣三千元，而紗燈每盞非一萬元以上莫辦。紗燈上往往有手工的描繪，襯著杏黃顏色；有一片和煦的情調（這不該說富貴氣）。蓮花燈在紙燈中也是手藝比較精緻一些的。那紅色皺紙的蓮瓣，色彩分明，與綠荷葉也還算調和的。去年我在北京想挑購一張紗燈，沒有買得成；最近我在南京夫子廟倒買了一盞蓮花燈，懸在書齋之中，頓使寒齋放出了異彩來。

雲師（51-02-19）

洞天福地

《西遊記》說那石猴出世，在橋邊有花有樹，一座石房。房內有石鍋石灶、石碗石盆，石床石凳，中間有一塊石碣，鐫著花果山福地，水簾洞洞天，石猴已以為這已真個是我們安身之處。裏面且是寬闊，容得千百口老小，大家都進去住，也省得受老天之氣。我對於一片石器時代世界的描寫，很感興趣。所謂洞天福地，以我看洞天福地也該就是這樣。吳承恩這一部《西遊記》小說的產生，的確是值得研究的。這一位孫悟空孫行者與印度「銳瑪銳拉」（即大戰書）中的主人翁實在太相像了。怎麼會有這樣一位半神半人的人物出現？又出現在那時代，真夠我們探討的了。使它在石器世界中跳出，它又想「與仙佛神聖三者躲過輪迴，不生不滅，與天地山川齊壽」，由於它要學一個不老長生的法門，這樣牽引到唐三藏西天取經故事上去，既甚自然，又相合拍，以前我倒沒有注意到過。我從一位小朋友手中借來，一口氣讀了一回。

雲師（51-02-20）

《牛雞野話》（一）

　　諶觀槿先生跟我談起早些年自身所經歷的事，他取出一本雜記題名《牛雞野話》的給我看。原來說的是從丁丑到乙酉十一年間日寇佔據南京的罪行底紀錄。前兩年我就想著手搜集這類材料，所得的如陶秀夫、陸潤青、蔣公穀幾位先生多半是回憶錄，多者二三萬言，少亦六七千字，詳略各有所偏；除掉在《南京文獻》發表過的，我還打算將來有印「叢刊」的機會，這也可算是重要的史料，我們有廣為搜集的責任的。諶先生此作雖限於自身的遭際，和方隅的聞見，但所記各節有極為生動的。第一，他並非本地人，那時對南京路途又不熟，帶著五個小兒女，病婦垂危，城破在即；那種光景，我們替他設身處地一想，真是悲慘已極。在十一月初旬，日寇猛攻通濟門、光華門之時，炮聲震耳，他正在徬徨著，忽然看見一位老婦人，事後才知她姓陳；問他：「何以還不逃避？」他說：「我不識路，又無房屋！」她說：「快到安全區去呀。」難民區的起初是叫安全區的，由於這位陳老太太的指引，並陪著他，才到了高家酒館，這是初七日的事。初八、初九兩天，已傳言日寇攻入，觀槿先生說覿面看到日寇，那已是十一日的上午了。同時，城內各大路都已起火，房屋延燒了起來，他住處也曾落了一顆小鋼炮彈。

（51-02-21）

《牛雞野話》（二）

　　就是那一天下午四時，大家胡亂吃了一頓飯，才預備收拾碗筷，忽然人聲嘈雜起來，同住的男女人等秩序頓時大亂。又夾著刀聲鏘鏘，履聲橐橐的；只聽有人叫：「快搬，快搬！」諶先生正要和他大女兒捆行李，其勢已等不及了，敵人居然蜂至，他們看上這所房子，要派用場，據說是技術隊，雖然各佩長刀，尚不十分兇惡。諶先生有個小兒丟在樓上，沒有來得及抱下來，言語又隔閡，只是不准再入，他只好「小孩子，小孩子」的在喊，所幸有個長鬍子的日本兵還懂這句話，特地准他進去，於是抱了出來。這樣被趕出了門，東西是一齊光了，路仍然是不認識，只好隨著人進了西邊頭一條巷子，遇到一位操清淮口音的說：「這還是往大路去的路，不如隨我往僻靜處走走」，這人並且幫著提箱，行至一菜園，只有蓆蓬二三十座。在一座蓆蓬門外，聽說可以分一榻之地租給他，於是這晚才得存身之所。十二，一大清早，見二少女奔來躲避，知敵寇士兵多有姦淫之事。這菜園亦時見鳥蹄獸跡；諶先生長女這時是十三歲，諶先生非常耽心。幸遇舊僕孫祥，尋得華僑路難民收容所一室，居然有床有桌，全家得一安頓。在這時大約他才有從容蒐輯資料的機會。

（51-02-22）

《牛雞野話》（三）

　　難民所的大院裏，支撐著一架高腳兩面梯凳，中島在凳立，姓詹的在梯上立，好像另有一翻譯的站在地面上。所有男子非到院中聽檢不可，院的四周用繩繞著，分左右兩條路線。誰也不准戴帽！憲兵都是荷槍實彈的，散佈院內外戒嚴著。總入口更另派兩兵，一一檢視；稍為老弱的，揮之使左，否則令右。等時中島說：「凡是當過兵的，只消自首，皇軍仍令服務，與本隊同等待遇。」問之再三，右邊去的沒有一個答應的。於是這姓詹的大聲疾呼：「你們當兵的聽者！此次皇軍進我們首都，真是秋毫無犯，仁義之師。剛才中島大佐的話，也是仁至義盡，吃糧當兵的，應該覺悟；快出來報名，照原職錄用！你們這班蠢豬，聽大佐的話，磕頭還來不及。他連說了三次，你們一個還不動；我看：再不出首，大佐發怒，就槍斃你們！」這時有運輸卡車數輛早停在路邊，就把右邊所有的人都趕上了車。只有一老父，求下一子，其餘不下數萬人，就像傾垃圾一樣被傾下江去了！「其後聞中島全軍戰歿於臨城，無不稱快。詹則病死於皖某縣，聞者咸言便宜了此獠。」

（51-02-24）

《牛雞野話》（四）

　　對於日寇的姦淫，諟先生記的也頗詳細：「敵一入城，大肆姦淫，晝夜不分。少婦長女，固皆不免，尤以老婦幼女，敵必甘心而後快。吾國為禮教之邦，人人知恥，老婦有含羞示老者，敵則不顧。若幼女輪姦斃命，更不乏人，余友之女即其中之一。即余大女年甫十三，兩次受逼。第一次，二獸來，立欲牽之出，任如何求皆不允，且有一員警察為之言，竟將手牽余女之衣。後示吾女腮後創疤，始作鬼聲嘔咻而散。斯際余窮於應對，忽憶及敵兵所以姦淫老婦幼女者，謂為無楊梅毒；故又聞其時女子每於下體附近粘一二張膏藥，或於兩臂腰小腹部等處多作創痕，敷以藥膏，往往倖免，今吾女賴此一疤而獲全，足證所聞不謬矣。第二次，獸一隻，酒氣熏人，欲余女去，告以年幼，獸用鉛筆書炊事二字，又告以不善為之，時已入夜八時許，獸忽竟去，至於人已熟睡，捽門照以手電筒，更不計次數也。」我請觀槿先生借給我錄個副本，有機會想彙印若干種；我們不要認為是沒有多少年的事，越近越容易忽略，不保存這些資料，是可惜的。

（51-02-25）

龜甲與發掘

　　這是兩樁極可珍貴的文化新聞：一是當年在河南安陽殷墟所發現的龜甲獸骨，大部分是歸王懿榮，經過劉鐵雲，又得羅（振玉）王（國維）的整理研究而公諸世。同時有個加拿大傳教士明氏也曾購得三兩千片。五十年來，大家以為它是出國了。沒有，最近在南京發現了！已全部歸了中央博物院南京分院。另一件，關於牛首山過去祖堂山的發掘，現在已得到相當結果。原來正是南唐的烈祖陵，陵前石室並獲得石刻描真金的神冊，這已足為證明。這兩天，南京舉行的偉大的祖國展覽會，在大會中已將有關祖堂發掘的攝影拓片等陳列出來。

　　這兩件事，都在文化史上具有特殊意義的，值得要宣佈出來，倒不獨是地方文獻有關的。

雲師（51-02-21）

哈呸國

　　《三藏法師傳》上冊，寫玄奘離了長安以後的行程，可以說是精彩極了；我頗想找出來和《西遊記》小說對看，當然小說著重在悟空、悟能、悟淨這幾位人物。雖說九九八十一難也還說得熱鬧，可是完全向壁虛造，並無事實根據。當我翻它第二十三回以後，敘到他師徒一行，已入哈呸國界，渡越流沙河時。我知道作者吳承恩先生對於西北地理的知識是太缺乏了。哈呸應即今日出哈密瓜著名的哈密。他文中寫道：「抬頭遠見一簇松陰，內有幾個房舍，著實軒昂。但見門垂翠柏，宅近青山。幾株松冉冉，數莖竹班班，籬邊野菊凝霜豔，橋畔幽蘭映水丹。粉牆泥壁，磚砌圍園。高堂多壯麗，大廈甚清安。牛羊不見無雞犬，想是秋收農事閒。」這一段所記怕是作者家鄉淮安的風物，絕不是流沙西的光景也。我翻到此處，閉起眼來想哈密那一大片戈壁，什麼龍王廟，什麼月牙橋，都記了起來。自然唐時未必這般荒涼，但也不得像作者所說的山明水秀。那婦人云：「此間乃西方東印度之地。」這句話也太欠斟酌，如何把東印度搬到這麼東邊來！菩薩幻化什麼真真、愛愛、憐憐，這神話隨便說說無所謂；而地理資料應該稍微注意，不要太與事實不符。

飲虹（51-02-22）

傳印的故事

這只可以說是故事了。早些年，那些小資產意識的文人們往往剩取古人一兩句詩，與他年歲恰合的，刻成圖章，到第二年，就傳給比他小一歲的朋友；也有不用詩的，如冒鶴亭先生那「六一翁」的印，由於歐陽六一。雖然只用了那一年，現在事隔二十年，那印的式樣我還記得。還有楊千里（天驥）先生刻的東坡詩句「白髮蒼顏五十三」，那顆印，我看它傳過四五個人。並且還有一年正缺了個五十三歲的，後來由我尋出陳匪石先生，傳印的一席酒我還叨陪末座哩。今天接到一位老友的別歲詩，他也正是五十三，可惜那印現在沒有了。其實自有印以來，這幾位五十三歲的朋友都沒有像坡翁那樣「白髮蒼顏」。傳印只可以說是一種遊戲，果真能傳遞它幾十人，豈不是也成了文字上的接力賽跑嗎？假使那印還在的話，看看也該傳到我了。呵呵！

雲師（51-02-22）

衭

柳絮兄談巾箱本，提到從前科場時代那種夾帶的小本頭書。雖然，我出生以後，歲試已停，江南鄉試也只舉行過一次；不過，在我小時常常接觸到科舉的遺物。鈔寫的、草刻的或石印的小本頭書真是數見不鮮了。最奇怪的一種是一塊塊的白絹，上面寫滿了蠅頭小字，有的不滿二寸，可是寫上文章好幾篇。問之老人家，他們說：「這是衭」。什麼是衭？後來我才知道，原來本不是一塊塊的，它是一件像長褂似的衣衫。準備應考的人，把可能出到題目的文章，一篇一篇的盡量的鈔上去；穿在貼身小褂褲上。萬一出了這題目，脫下長袍來鈔；這可謂夾帶中一絕。這也是別無他例的鈔本，應該稱為衭本。古董鋪裏整件的不見得有，無論如何零塊的總會有它幾塊的。我倒也愛保留它幾塊，做為科舉時代的痕跡看。

雲師（51-02-23）

元夜賞燈記

燈行元夜時，牛與犁耙共。
後路到前街，歡笑聲轟動！
萬人空巷來，口口勞農頌；
更有播音機，歌唱空中送。

　　這一首〈生查子〉詞，是二月二十日晚，就是農曆元宵節晚上，我隨口占成的。這一天正是南京市農民兩萬人以上大遊行。我的長女在十區任鄉校校長，從響水橋隨著大隊向中華路遊行而來，事前我已知道她們籌備得很忙；在這行列中除照例的燈和採蓮船之類，還有耕牛，毛驢兒參加，農具是全套上街；據說最精彩的是高蹻。昇州路一帶差不多街巷為空；可惜我就擠不出去。只好坐在後院，聽播音機在放送這一片歡聲：「向農民兄弟致敬！」「向農民兄弟學習！」還有一些歌曲，我雖未廁身其間，但完全聽得清清楚楚。老妻攜著小兒女在十時左右才擠了回來，我們又忙了一些湯糰元宵，各吃四枚，我不能就睡。忽然想起朱淑真那首詞，於是坐在燈前，寫了這麼一首。題為賞燈，實則「遙賞」；不過，古人不領受現代科學利器的方便，不能如我之「遙賞」也。

　　　　　　　　　　　　飲虹（51-02-24）

108

猜拳

我們平常喝酒賭拳，那拳是豁的。雖然多少也有點改變，例如「一品」叫的人就少了，一品多改成「一錠」，什麼「七橋」、「八馬」，也有人叫「七樵圖」、「八正馬」的，大致仍是舊詞。其實，猜拳比豁拳有趣得多了。猜的方法，分三步驟：第一是問單雙？假使單是對的，第二步是問一三；雙是對的話，就問你是二還是四？第三步，再就你所答對的一、三、二、四問它的顏色，黑的還白的？好在問者兩手是不脫空的，所取的黑白瓜子也可，瓜子花生果也好，在席上所隨便可以取到的。你答對了頭兩條，就無須再有第三次的問答。我認為比「行令」、「飛花」那些酸玩意兒來得有意思。又不像豁拳那樣吵鬧。不過，猜拳始終不如豁拳那麼「吃得開」，有人說，越是豁拳酒才能喝得多，因為酒是要鬧的！我看，這又是各人的習慣了。

雲師（51-02-24）

109

花近老人軼事

　　貴州陳庸庵（名夔龍，字小石。）逝世還沒有幾年，在十多年前，我跟他有過一次交往，因為詩人諸貞壯（宗元）死後家境蕭條，他藏有明末楊龍友的《洵美堂集》，夏劍丞知道庸庵一定可以收購，推我去接洽，果然他把書留了下來，並且曾影刻問世，當時上海有許多人稱他為「小帥」那一年他八十歲。他著有《花近樓集》，因此也有人叫他花近老人。大概是為要保持「遺老」資格，尺來長的髮辮還拖在腦後。他跟我談了一陣八股，他說對我曾祖的制藝他最熟。後來，我到過一次貴陽，去遊過黔靈山，有個和尚告訴我，陳小石在山中這間屋子讀書，自輓對聯云：「再窮無非討口，不死總要出頭。」中舉以後，進了北京，太太給慶親王做了乾女兒，因此飛黃騰達，位至北洋大臣。這可算當時一個「巧宦」。最近看到他的〈甲申生日自述〉詩云：「仍世楹書手自編，不能佞佛不求仙。畫圖名謝凌煙列，霄漢心長捧日懸。晚景自憐加馬齒，窮途誰早識鳶肩。漫荒松菊三三徑，已迫桑榆八八年。」這年已是八十八歲，時稱「米壽」。聽說楊龍友的《山水移》，他也想影刻成編，但未及印書，他就死了。他是清末「遺老」中最享高年的一個。

飲虹（51-02-25）

忠王之孫李國卿

忠王李秀成有無後人？這是一個問題。七八年前，根據簡又文的說法：忠王有一子，同時被捉，曾剃頭捨不得殺他，將他交給陳右銘帶回義寧鄉間，並且叫散原（即右銘先生子三立）教他讀書。又文自稱得之曾廣鑾。這句話信者不少，認為絕不可靠的人也不少。最大理由，曾剃頭不能有此膽量。散原翁已逝世十多年，問之彥通，怕他也不復能知道，也許那時還沒有出世。但，據說忠王此子娶妻復生了一子，名國卿，這是忠王的嫡孫了。他在寧鄉廖笙階家長大的，跟笙階在鑛局任過司事。並娶一江西陳姓女子，住家在水口山。國卿在鑛局，由辦事員升課員，一九三一年才因年老乞休。他還有個兒子叫錫洪。假使找得這位李錫洪，那麼忠王這一脈子孫，是可調查出來的。水口山該屬寧鄉管轄，湖南朋友能實地調查一番，就可給我們解答這疑案了。

雲師（51-02-25）

寄慰景深

在本報見到趙景深兄為了盡評判春節戲曲競賽的職務，在戲院裏跌了一交，受了一些傷，已入醫院診治的消息；我非常掛念。這時要想寫封信去慰問，怕他未必看到，寧滬遙隔，又不能自己去看他，且借本報一些兒篇幅，以寄我慰問之懷。上一次我在上海，正值他在中華學藝社試演崑曲，承惠兄轉來的戲票，我收到時遲了一點，未及一觀老友在氍毹上獻身手。當時，我想到他那一雙近視眼，演戲時一定要除掉眼鏡的；他除了眼鏡，不知是個什麼樣兒？因為沒有去看戲，當然沒有得到答案。這一回跌了一交，我又聯想到他的近視眼上去了。怕還是吃了眼睛的虧？還有一層，這是我兩人情形相同的，就是身體旺了一點。好在他的血壓不像我這麼高，要是這一跤給我一跌，那事情怕就嚴重到不知道什麼地步了？我平日對第四版劇藝消息沒有多注意，因景深兄這一跌，我倒天天要看一看。我知道他傷勢一天天好轉，可不知還要幾天就可康復？我在這裏祝福他早日痊癒。

（51-02-26）

里弄文獻

「里弄文獻」這一名詞，是我捏造的。我想：像北京、南京、長安、開封、杭州等等地方，雖然經過多次的翻修馬路，但還存在不少古老的胡同、街巷、坊里。在這些去處，曾經有過多少建置，有些什麼人住過的？或者發生過一些什麼事故？地方上的人往往取為掌故之資；經過年湮代遠，也都變成「傳說的背景」。我覺得談每一地方的文獻，應該對於里弄文獻加以管理。拿南京為例，六朝時的「周處街」、「蟒蛇倉」、「烏衣巷」、「桃葉渡」，有的地名已改，有的名在地遷；至於五代時南唐遺跡，宋元以來的舊址，明初明末的故處，更是不勝屈指。在現今修路易名的時候，也該斟酌保存，不能以「封建」兩字全部勾銷！我並不主張無條件的全部保留，然而我提出這「里弄文獻」來，意思要當地人加以注意。譬如太平天國時代以南京為「天京」，究竟當時所命名的地方有些什麼呢？在現在長江路附近那大小城隍巷，就是因金龍城而得名，清軍「光復」南京後，並未換掉它，而在今天又何必不保存它呢？

飲虹（51-02-26）

緣木求魚

「緣木求魚」，這句話見於《孟子》，它是比喻著白費氣力去做一件事；有人解釋起來，甚至可以說「這是不可能的事」。其實，並不見得魚就不可以上樹。就拿貴陽的特產娃娃魚來說吧，它該說是屬於兩棲類的。它的得名，據說因為它能發聲，好似兒啼一般。有人說娃娃魚就是鯢，我卻未曾深考。只是文通主人華問渠先生曾請我吃過，我並不愛吃。第一覺得它肉粗，第二血是帶綠色的，覺得有些不順眼。又因為聽說它生時有些像人，人吃人未免太野蠻了，這一想念大使我的食欲減退。我居留貴陽甚暫，不曾在市上看到賣娃娃魚的人。所以關於它的形狀和啼叫皆未予以證實。不過，對《孟子》的「緣木求魚」的話，卻得了一反證。因為娃娃魚，的確倒是有從樹上捉來的咧！

雲師（51-02-26）

笑匠陳全（上）

　　前年在本報揭載的〈民間文話〉，曾提到過明初江浦人叫陳全的。這一位可稱為南京的徐文長，當然他出生的時代比徐文長要早一兩百年。他最善於說笑話，尤工諧詞。且說他講笑話的故事吧。這一天，他喝醉了酒，無端闖入禁地，那時在大中橋以東就屬於宮禁範圍，當時就被太監們捉住了。他的酒都嚇醒了！當下便哀求太監們道：「這是小的陳全的不是，公公高抬貴手，放了我罷！」「你就是陳全麼？」太監們素日對這名字最熟悉的，於是彼此一商量道：「陳全笑話說的最好，叫他說個笑話，限制用一個字，說得可笑馬上放他。」大家都同意了。陳全不假思索的說：「屁！」只是一個字，但大家都莫明所以？問他道：「這是什麼意思？」他說：「放不放都由你呀！」這樣太監們都笑起來了。我在輯錄《金陵曲鈔》時，錄他一首〈詠瘧〉的叨叨令詞云：「冷來時冷的在冰凌上臥，熱來時熱的在蒸籠裏坐。疼時節疼得天靈破，顫時節顫得牙關挫。只被你害殺人也麼哥，只被你悶殺人也麼哥，真的是寒來暑往人難過。」那時我看到他的諧詞還少，此作見於《詞謔》。最近翻閱一些筆記，頗有說到他的。他跟元代的王和卿（鼎）、劉庭信（黑劉五）恰恰好鼎足而三。

　　　　　　　　　　　　　　　　　　（51-02-27）

笑匠陳全（下）

南京的俗語，到今天還有一句「說著陳全，陳全就到」，可見他當時聲名之大，風頭之健。相傳他跟秦淮的一個妓女叫何瓊仙的，互矢愛好，有一天在院子裏，一頭雄雞與一頭雌雞正在一起糾纏，瓊仙請他以此為題，他賦道：「汝靈禽非蠢獸，風流事誰不有？只好背地偷情，那許當場弄醜。若是依律問罪，應該笞杖徒流，更加一等強論，殺來與我下酒。」另一首諧詞，說一妓在浴後，著單裙行走，被陳全看見了，他又詠道：「溫泉起來忙護體，帶濕裙拖地，翻嫌月色明，偷向花陰立，俏東風，俏東風，有心兒輕揭起。」嚴格說起來，他這些作品不免有些輕薄，不過那時候民間就愛接受這一套，此類消極作品的產生，也可以反映出那時社會的情況來。此外還有一首〈塞鴻秋〉，敘述看見一個村婦在道傍便溺，詞云：「綠楊深鎖誰家院？見一女嬌娥，急走行方便，轉過粉牆東，就地金蓮，清泉一股流銀線，衝破綠苔痕，滿地珍珠濺。不想牆兒外馬兒上人瞧見。」也有人說是王越所作。我總疑心它所寫的背景不像南方，雖然有「綠楊」這種字眼兒；在南方鄉村婦女有勇氣在道旁便溺的，怕也不會常有吧？若是王威寧行軍途中所見，可能性尤小；這只是當作笑話說說罷了。

（51-02-28）

116

兩朵紅蓮

　　從執筆時算起來，恰巧整整十年，那天也是元宵，我在中條山中第一次接觸到秧歌，也許，那就是原始的形式，演的是「月明和尚度柳翠」，大頭和尚跟柳翠都是假面，跳著追逐著，鑼鼓吵了一夜。我對「度柳翠」的瞭解，是從徐文長《四聲猿》來的。王古魯自日本攝印回來的《古今小說》第二十九卷也是同題。這故事的主題在柳府尹到臨安上任，因水月寺住持玉通禪師點名不到，別人說他修行五十二年，是位高僧，不慣迎送；而府尹生下一計，命上廳行首吳氏紅蓮，去騙這老和尚犯了色戒。和尚果然上鈎，知此緣故，立即圓寂。於是去投作府尹之女，即是柳翠。師兄月明和尚怕他忘了前世因果，在二十八年以後前來度她。所謂「二十八年花柳債，一朝脫卸無拘礙，紅蓮柳翠總虛空，從此老通長自在。」第三十卷，「明悟禪師趕五戒」，即所謂「佛印長老度東坡」，又寫了個女子，名也叫「紅蓮」，是人家一個棄女。五戒禪師三十一歲時，一天雪中聞有兒啼，叫道人清一收留下來，十五六年後紅蓮長成，五戒一見忽然愛了她，因此破色戒；師兄明悟指點了他，他也立即圓寂，明悟馬上隨他辭世，一個是東坡前身，一個便是佛印的前世。兩故事同為佛教故事，同為和尚破色戒的本事，而女名都是「紅蓮」。所以要用紅蓮的理由，我在圖詞中「紅蓮爭似白蓮香」這一句詩中，已窺測出它的答案來了。

飲虹（51-02-27）

117

三百八十四文

我在廢紙攤上，翻到一本流水帳，上寫著「高糧酒二斤，玫瑰酒二斤，共計大錢三百八十四文」。在我的記憶中，已不能判斷這筆帳是那一年寫的了。三百八十四文能喝酒四斤，這是我稍識世事以後所沒有的事。再翻一翻帳簿前頭，原來是光緒三十二年正月初七日。我細心的一看，知道這位帳簿主人那時在山東東昌府，怕就是作那知府官兒。新年裏，他只花了大錢一百五十文，買了花生仁、瓜子、狀元糕做茶盒。何以茶盒只用了三樣？這幾天內三十文一個的燈籠，他買的很多，大約是送客回去路上照著用的。最大的一筆開銷就是蠟燭，共用一千五百文大錢。這一冊帳簿從正月直記到九月；裏面提到電報費，注有以「八千文合銀付給」字樣，我給它審查一過，敢說那時人民的儉樸是足堪學習的。他差不多每十天就有一封信回南，而郵資只三十六文。我看著這帳冊細一推算，那時我還不滿三歲。

雲師（51-02-27）

南唐二陵

　　南京博物院在去年十月組成田野工作團，在南門外祖堂山下工作了四個月，發掘清理出南唐兩個陵寢。烈祖李昇與中主李璟的，這兩墓建築都甚宏偉，各分前中後三室，各室兩側有安置殉葬明器的便房，墓室四壁斗栱與欂柱，皆施有彩繪，因受從前盜掘影響，弄了不少淤土，浸漬日久，搞的不大清楚了。考古家認為現存的彩繪當以此為最早，無論從建築或藝術觀點看來，這二陵的價值均應予以極高的估價。從這兩墓出土的文物，業經全部運回南京城內，博物院正打算在三月九日舉行一次展覽會。在抗日戰爭的第五年也不知道是第六年，成都的琴臺有王建墓的發掘，當時也曾轟動海內外，但比起這一次南唐二陵的成績，那真是小巫見大巫了。我曾刊過《江南餘載》，並擬次第印行《江表志》、《南唐近事》、《釣磯立談》等書，還有除陸游、馬令兩家的《南唐書》外，像胡恢的《南唐書》都是極可寶貴的資料。能將它纂輯在一起，使研究者一定感到探討的利便。又據史載韓熙載墓就在雨花臺下，不知又什麼時候它才出世呢？

　　　　　　　　　　　　　　　　　　飲虹（51-02-28）

玄奘傳

我這兩天正在看《西遊記》小說。因二十一日大報上刊有散兵先生〈唐僧的傳記〉一文，引起我的注意。他說：此書是常州天寧寺木刻本，全部四冊。散兵先生曾有此書，在抗戰期間失落了。案：此書的版本，該也有好幾種，最流行的怕還是南京金陵刻經處本，一部分訂三厚冊。全名是《大慈恩寺三藏法師傳》。梁啟超將它列入青年必讀國學書目內，據我看這理由還不是為著「激發青年志氣」主要的為此書是中國最難得的一部好傳記文學。我最愛此書的上冊，它寫玄奘初離長安，一路經過險難的情形，極為生動。雖然不像吳承恩那部小說有什麼孫悟空、豬悟能、沙悟淨幾個特殊人物，然而流沙風景，寫來還是很生動的場面。後兩冊附函牘文件甚齊全。此書與《法顯傳》聽說都有幾種外國文譯本，蓋不獨為佛教文學的鉅製，也是在中國文學史上占極重要地位的。把它和《西遊記》對看，倒是滿有意思的一種工作。

雲師（51-02-28）

讀〈木棉庵〉

〈木棉庵鄭虎臣報冤〉這一卷小說,很有些像宋人話本〈拗相公〉的,後者攻擊王安石,前者罵的賈似道。後者所含的迷信成分過於前者。論技巧各有短長,究竟「木棉庵」的創作時代晚多了,賈似道的私生活更糜爛,可取的資料多,所以譴責的效果,前者遠過於後者。走來敘那位懼內的賈涉,就是似道的父親,因賈涉而賈濡,沒有賈濡這女兒,那有賈似道這一生的富貴!這伏筆伏得極成功。看著似道生母胡氏已嫁了石匠,我們總以為結束了,其實不然,後來胡氏還有絕大的晚福。寫似道使人中途殺石匠這一著,把賈似道的為人已夠點明了。這樣,他為攫取相位,排擠吳潛,造作謠言,並不足怪!殺太學生鄭隆只是輕輕順帶的一筆,沒有想到鄭隆的兒子虎臣就是送似道命的人。寫西湖上的遊樂,能關合到萬里外合州釣魚城蒙哥的戰役,這真非大手筆不可。我很詫異像〈木棉庵〉這等好小說何以不入《今古奇觀》之選?是不是為著題目太大?比〈拗相公〉它又高明多了。只有在〈木棉庵〉中寫賈似道死時,似乎還不夠驚心動魄!

(51-03-01)

121

新中國唱千回

> 春雪漫天飛，媽張羅：麵、酒、醯。
> 大毛今日方十歲。弟哥姐妹，繞作一圍。
> 座中半是少年隊。響如雷，巴掌腰鼓，
> 新中國唱千回。

十五六年前，我的最大的兒子過十歲那一天，我乘興寫了兩首〈臨江仙〉詞，其中一首是：「阿侃今朝都十歲，驚心我入中年。堂前老母笑而言，當時兒性劣；最是太婆憐。兒亦有兒還似父，願他比父猶賢。文章不值一文錢，父書汝莫讀，汝祖已云然。」當時我們的思想意識是限於小資產階級範圍中的。不過，我始終不願我的兒子走我同樣的路，到了今天，我已使他造就成一個人民的醫師，在詞中是已看出我早就有這意見了。他的弟弟，我第二個兒子過十歲是在重慶，我也曾寫過一首詩，可惜底稿不見了，他現在是在人民空軍裏服務的，彷彿那首詩與他的志趣以及後來的生活倒沒有什麼可以聯繫的。今天，第六個孩子，算男的是我的第三個兒子，他又過十歲了。他問我：「爹，寫點什麼給我呢？」詞懶得填，詩也不想作，還是來一支〈黃鶯兒〉罷！這裏面臨的都是現實，不再撫今思昔，或者期諸異日；足見我的思想路線，也改變了不少。

飲虹（51-03-01）

122

聲名狼藉

　　說話引用成語，它的目的不外充實這句話的內容，幫助聽者了解；引用的得當，自然很好，否則會得了相反的效果。例如有人恭維一位老先生，他的本意是老先生「老成碩望」，或者「耆年長德」，這一類字眼；說者肚裏缺乏這宗成語，於是就當面說成「老奸巨猾」，把那老先生氣個半死。在他認為「老奸巨猾」是一句讚美的話，並不知道是在罵人。但是又誰跟他一樣覺得這句話是恭維人呢？相反地，「聲名狼藉」這一句本不是壞話，因為習慣的用成罵人的話；跟它本意相同的，用「聲華藉甚」來代替。有一次，一位調查者問「某人在此處口碑怎樣」？答者用這成語回覆，道：「某人聲名狼藉。」本意是個個說他好。但調查者習慣的知道這是壞話，以為某人的惡名在外，恰恰的弄反了。可見引用成語的人，不獨要深切了解成語的本意，而且還要顧及這成語的習慣的解釋，不然要鬧笑話的。

雲師（51-03-01）

不肯改詩的貫休

　　客裏空式的報導，在中國舊日叫做「想當然」耳，差不多是文人的通病，最易犯的。韓愈在中唐不能不算是個文章的能手，他所撰的碑誌，對於死者每有溢美之詞，因此，有人說他弄的錢是諛墓金。不過，例外不是沒有，就拿晚唐那和尚貫休來說：他為了避黃巢的兵火，到了杭州。那時正錢鏐稱吳越王的時候。錢鏐字具美，小名婆留，就是杭州人氏。貫休願意和他一見，先獻一詩，詩云：「貴逼身來不自由，幾年辛苦踏山丘。滿堂花醉三千客，一劍霜寒十四州。萊子衣裳宮錦窄，謝公篇詠綺霞羞。他年名上凌雲閣，豈羨當時萬戶侯。」錢具美一見此詩，大加歡賞，就是嫌「一劍霜寒十四州」說得太寒傖了，不如把十四改為四十，示意給和尚，那知貫休不肯，說等你真個領了四十州時再改。當下他就飄然入蜀，不與錢氏相見了。章太炎先生在日，常會提到史思明一首詩：「一筐柑，一半青，一半黃；一半與懷王，一半與周贄。」有人勸他何不把下兩句調動，可以叶韻，他說：「如何使周贄放在我兒子上面！」他不肯改。貫休的不肯改這首詩，比史思明的不改詩又不同。我認為貫休的不苟且，正足以為舊日那些中國文人的模範；是值得向他們學習的。雖然「四十」和「十四」不過一字顛倒，但為了正確，自不能亂改。

（51-03-02）

花壇

　　在尋常人家，只消有個不頂小的院落，就可以砌上一個花壇。有的院子裏原有一棵樹的，就著樹切壇，這名雖花壇，實際該叫樹壇。壇有圓的，也有方的，還有三角的，五星的；往往相度院落的形式而為之，沒有一定的。我這個人從小就不愛搞花蟲魚鳥，我並不是不愛這些，因為我不善服侍這些，所以在寒家是沒有金魚缸、鳥籠兒、蟋蟀盆等的。然而花壇倒是從來都有的。不過壇雖設而花不常有，既不曾移植過什麼折枝，也不曾種下什麼名種；因此花壇常是空空的，去年有一度我的孩子弄了一些葫蘆兒的根荄插在花壇上，於是附垣攀牆的，居然綠葉成陰，好不熱鬧一陣。未幾，秋深了，這一叢綠色的屏障忽焉凋謝，有七八支小葫蘆兒被孩子們拿去做玩意兒了。我是個戒酒尚未除葷的人，就愛吃點辛辣的物事，聽說有七蔥八蒜的說法，便在花壇上點了不少頭的蒜，果然不久苗生一些蒜葉。有人笑我把花壇變成菜壇了，果真花壇上也可以供給我們作生產之用，這又何嘗不好呢？

飲虹（51-03-02）

日寇罪行紀實

這標題好像是一本書名。不是的，這還沒有成書；我不過有這樣的擬議：我們該發動這麼一個計畫，將日寇侵華那些年記載罪行的文件，盡量搜集一下。各省、市、各縣、鄉、鎮，有當時寫好的，事後追記的，統統彙為一編，還有沒寫下來的，趁早請人口述出來。不說別地方，即以南京而論，我就搜過四五種，此詳彼略，或偏重難民區，或詳於姦殺，或詳於劫掠；單憑一家的記錄是不夠瞭解當時的實況的。也許有人認為這不過相隔沒幾年的事情，難道還怕失考不成？這想法是錯誤的，越是近歲越不容易掌握，必須有較多的資料才可見出真相來。反動政權下不曾把這件事做好，現在該好好的作一下，書名不必是日寇罪行紀實，所要收的資料大致是屬於這範圍的罷了。

雲師（51-03-02）

126

笤帚

　　我們通常所知道的帚有三種：一是用竹枝編製的掃帚，這掃字讀去聲，跟掃地的掃讀上聲的不同。要掃除馬路上的齷齪污濁，必須用這掃帚。第二種叫做笤帚，在尋常人家的家庭裏用的多是這種。它是稻穗做成功的，體積比掃帚要小多了，掃廳堂、房間，除了拿拖把洗以外，笤帚是最適當的。另一種是雞毛紮的，叫撢帚，又叫雞毛撢帚。譬如桌几上有灰塵，只消撢帚一撢就行。不過，這一桌灰塵才撢了去，往往立即又堆了起來。從排除污濁的能力來講，這三種帚怕數撢帚的能力最小。那掃帚看著似乎該最大，但是它只能掃大處，掃得粗；不像笤帚能掃那牆角，掃那轉彎抹角的地方。粗的粗，小的小，笤帚是恰好適中的一種工具。我常想一個人在精神上的污垢，要能勇於自改，這是應具掃帚的魄力。隨時拂拭自己，也要像一柄撢帚。經常不斷的檢討自我，卻需要如笤帚這樣尋找出灰土穢物來掃除。三種掃除污濁的帚兒我們都該應用得到才好。

（51-03-03）

127

獨秀峰的題壁

　　某一年我到桂林，雖然只是路過，來回兩次也有半個月的時日。獨秀峰我去瞻仰過好幾次，相傳這上面有紀太平軍起義初期的史事詩七言律三十首。簡又文曾撰〈太平天國戰役之史詩〉一文，將三十首律詩都錄了下來，此文收入《太平天國雜記》第一集。據他說，他所根據的，有南京龍蟠里國學圖書館鈔本《盾鼻隨聞錄》和柴蓮馥先生家藏鈔本，這兩種本子，後來李青崖兄另有一本，又在常熟圖書館錄一本《粵匪雜錄》副本。他始終不知道我也有兩個本子，一是木刻《盾鼻隨聞錄》本，一是我家藏一鈔本，前者與青崖所藏同源；沒有什麼差異；後者就大有出入了。此詩誰作的？卻並無「定論」，共有八種不同傳說，當以況少吳（澄）鄭獻甫（存紵）兩人當中的一位為可信。況是臨桂人，道光二年進士。鄭是象縣人，道光十五年進士，著有《鄭小谷全集》。

　　我在桂林時，呂方子兄也曾陪我去到省立圖書館，據說館中有鄭集，可惜不曾翻它一翻。方子認為題壁出鄭之手的可靠，過於況氏。方子現尚在京，當對此問題可以發表高見。因這題壁詩三十首是太平軍最早的文獻（雖然是反派的看法），在太平軍起義百年紀念的今日，亦應予以重視也。

　　　　　　　　　　　　　　　　　飲虹（51-03-03）

趕社

有個朋友說，在我們中國走到那裏都有「土地」、「城隍」，這並不是迷信，是藉此暗地作國防設備的，尤其是將軍箭，在行軍時大有用處。他這看法，不為無見。又每年有春社、秋社兩次社日。這社日各時代、各地區都不相同，嵇含〈社賦序〉云：有漢卜日丙午，魏氏擇用丁未，至於大晉，則社孟月之酉日，各因其行運。據《晉書》又有「社以丑」的話。吳縣宜興等地，以二月二日為土地誕辰，俗稱土地公公生日。南通是三月三，湖北單利二月一，萬縣是二月二，廣東中山二月五，浙江嘉興二月二十八。逢社日喝「社粥」還有一種風俗，這天早上婦女們搓彩線帶起來，名為「社線」。我們家鄉在社日前有上新墳的規定，名為「趕社」。這和「掃社」、「走社」，多少也有些相近。唐張籍詩：「前庭春鳥啄林聲，紅夾羅襦縫未成。今朝社日停針線，起向朱櫻樹下行。」可見唐人也重視這個節日。無怪陸游的詩「社日取社豬」，宋代更為熱鬧了。

雲師（51-03-03）

我的抗日鬍鬚

讀勤孟兄的〈抗日鬍鬚〉一文，知道在那個年代，淪陷區有不少藉偽裝鬍鬚以自掩蔽的，因而想到我的鬍鬚，也是屬於抗日這本帳的。為什麼呢？那時在大後方，由於剃鬍鬚刀片的缺乏，有好些時不剃，於是率性就蓄了起來。既然蓄了起來，事後也就不剃了。作為這一次戰爭的紀念。如勤孟兄所說，上海的朋友像他這樣蓄偽裝鬍鬚的，當不在少數；一到宣佈戰事結束，馬上也就剃掉。從這裏我們知道在淪陷區的朋友，受日寇的禍害較深，又多屬親見親聞，及身感受；當然憤恨日寇的暴行亦切。這鬍鬚誰還想留它住，不如早剃掉之為愈也！我們在遙遠的大後方的人，雖亦有情報，多係得之傳聞；雖然憤恨日寇是一樣的，然究不如他們這樣的親切。現在從抗日鬍鬚的留或否上，也多少看得出來；不過，在淪陷區，當時蓄了鬚後來又剃的，並不止勤孟兄一人；在後方同樣蓄起鬚至今還沒剃的也不止我。此處偶然以勤孟兄與我舉個例而已。去年在北京遇到郭沫若先生，他還問我：「你這鬍子還蓄著，你年紀比我還小些，是不是就不剃了呢？」我笑道：「這是抗日戰爭的紀念，我打算這樣蓄下去的。」所以我這鬍子，也該以抗日鬍鬚為名。

（51-03-04）

歪曲的信義故事

信義當然是每一個人要講的。為著維持信義，不惜犧牲了性命；自古以來常有這種傳說；尤其是用小說或戲劇的形式來煊染它。比如〈藍橋會〉的尾生跟他的情人相約在藍橋下相見，那情人拆他的爛污，始終就沒有來，他卻永遠的等著，看著潮水漲了，他還不肯走，抱著橋柱，這樣守信而死。這種情況與其說是守信，毋寧說它是殉情；殉情跟信義固然也分不開，但男女的關係和其他是不同的。另有一個故事說朋友兩個，一是張劭，一是范式，明人有此話本，《元曲選》中也有這麼一本。說張劭在前一年曾約范式在下年的重陽日相見，殺雞具黍，候他赴約。這范式竟把約會忘了，這日已是重陽，因為千里途程人力一天是趕不到的，於是慨然自殺，一靈兒迢迢赴會，果然在重陽那天的下午趕到了。他對張劭說明是魂來，不是身到；還要等張劭到他家鄉，他才下葬，張劭又輾轉的尋到范家，正是范式舉柩的時候，張劭也橫刀自剄，以謝好友。這當然是用小說戲曲表現的，有些神話意味，並不足信。不過如此的講信義，我總覺得不甚近人情；比起尾生的藍橋之死，這個朋友的守「信義」不免有些近乎荒唐了。

飲虹（51-03-04）

怪招牌

我在遵義就發現一個怪招牌，叫做「培養正氣雞」，聲明是貴陽分此；所以不曾嘗試它。在貴陽住了一個短時期，被朋友們約到銅像台一帶吃過好幾次的培養正氣雞。這雞湯店不知有幾多家，多是像住戶似的，只是在聽堂房屋放下一些桌椅而已。湯也沒有什麼特別，只是每天在鍋裏煮上幾隻雞，終年如此，油水不斷；覺得還鮮美。但，我對於這名稱表示異議。是喝了雞湯才能培養正氣呢？還是要培養正氣正需喝雞湯呢？正氣是什麼正氣？果真扶持正氣的，怕未能有雞湯可喝罷？當時我還說正氣該作元氣。吃了幾次的雞，我只作了首詞嘲笑這塊怪招牌，詞見《黔遊心影》。天下招牌之可怪者當甚多，這一塊的可怪處，就是和那「咬得菜根，則百事可做」這句話有一些兒的接觸。

雲師（51-03-04）

132

焚書記

　　雖然我在「飄泊西南天地間」這麼多年，但我對日寇還是要控訴的！在它侵略中國，進攻南京時，走上來我的住宅就被燒了。那時住宅是在南門東一個城拐角上，街名小膺府，就是周處街的遺址。宅子並不大，純粹南京格式，一共五進，蓋造的不過才十年。我倒不可惜這房屋，可惜的是宅中有的三房間的書，被它們燒了。其中雖沒有什麼宋元善本，明本當在四五十種之間，尤其是鈔校本。如納蘭成德的父親明珠的珊瑚閣所藏《南曲大全譜》，據霜金先生說，該是《隨園曲譜》的底本。亦係一種孤本。他借去了甚久，我不該向他收回的，以致遭了此劫。又先高祖手批的《漁洋精華錄》，駁正的有好幾百條。又先君的手札兩大本，這些都是不可補償的損失。當然，我一想到日寇對於我們同胞所犯的血債，這些書又何足道！然而它們這樣的悍然摧殘文物，直是獸類之比。後來經我的查詢，據說是從武定門走來的幾個獸兵，（是什麼中島部隊罷？）取我廳堂上的大樓板，劈來生火，用以取暖，這火卻不曾熄滅，這幾個獸兵一窩蜂又闖到別家；這火也就熊熊的燃燒起來，燒了我們的房屋，燒了我的這些書。書是燒了！房屋是燒了！去今儘管已歷十來年，我心上的憤火是永遠不會熄滅；到今天仍然是在燃燒著的。

（51-03-05）

香娘辯

　　且居先生在二月二十八的《亦報》上有〈香娘娘〉之作，他根據蕭雄的《西疆雜述詩注》，說香妃之外，回部還另有一個香娘娘；有幾點很可注意：一是她是乾隆時候的人，二是香娘娘也有廟在喀什噶爾，三是在回城北四五里許。這真有些值得詫異的了。我在喀什居留過的，從那解釋「八雜」以及「降生不凡，體有香氣」等語，我知道蕭雄的說法不可靠，而香娘娘和香妃不同的地方，僅有「因戀母歸，沒於母家，甚著靈異」三句而已。第一，所謂香娘娘廟，就是香妃的墓寺，回教所謂墓寺，並不同於其他的廟，那一般形容的話，什麼「中空而頂圓」等，皆我所親見，並非另有一香娘。而且它是在東門外七里路，叫做七里鎮，「四五里許」不會更有一廟，可以斷言！「八雜」豈有陰陽之別，那真是笑話。回婦在今天還蒙著黑臉簾，如何能趕集？至於香妃所以體香，在南疆到處傳說是小時候愛吃棗的緣故。且居先生所說「回部婦女之以肌香著稱者，竟無獨有偶。」這是錯誤的，我想：那三句話的來源，是兩可能：一是傳聞之誤。一是為乾隆隱諱。早兩三年，我在噶什談起香妃來，回人仍以為這是他們的恥辱。他們不願意說她被乾隆占娶的話；在官方也有為尊者諱的習慣。

　　　　　　　　　　　　飲虹（51-03-05）

朱衣點

　　跟著石達開在慶遠石洞題詩的有一個「精忠大柱國」叫做朱衣點的。據朱琴可兄講，他是明靖江王朱守謙的後裔，他子孫是用「贊佐相規約，經邦任履亨。若依純一行，遠襲得芳名。」朱衣點屬於「依」字一代，是王的十五世孫。琴可還說清中葉時有個朱依真，與他該是兄弟們，他所以改依為衣，怕的因加入太平軍才變易的。琴可和柳亞老一道搞南明史，他本身也是靖江王後，他與呂方子同是桂林的才人。靖江王後多半是廣西籍，但朱衣點是湖北籍。據《廣西文獻叢鈔》，他有詩一首：「一識荊州似列侯，謫仙契合羨名流。陽春縹緲吟高閣，時雨丁東聽小樓。萬里風雲騰驥足，雨間氣化屬龍頭。逼人富貴君知否？奚必林泉老唱酬。」此詩不見於太平天國詩文鈔中。他後來雖脫離石達開，在這以前在柳州之西，宜山之南的忻城駐軍一些時，並無活動。他是以明裔參加太平軍而始終其事者；值得我們敬重的。

雲師（51-03-05）

讀〈禁魂張〉

〈禁魂張〉是古今小說四十卷之一,該是出於明人手筆,當然,在當時是大家所熟悉的。我認為它是短篇裏的《水滸傳》,不獨情節類似,筆致也相近;用守財奴禁魂張為全篇線索,就插在《水滸傳》中也是精彩的一段。這一卷全名是〈宋四公大鬧禁魂張〉,宋四公雖然是個綠林老手,本領遠不如他弟子趙正。宋四在偷盜禁魂張土庫以後,親題四句:「宋國逍遙漢,四海盡留名。曾上太平鼎,到處有名聲。」滕大尹差王殿直、周五郎等去捉;而宋四回鄭州去了。追到鄭州,照到面還給他跑掉。半途遇趙正,這趙正大顯手段,三偷師父,都讓他到得手;論起寫趙正的神出鬼沒處,比《水滸傳》上白日鼠白勝、鼓上蚤時遷來又要生動一些。其中插了一段,說趙正扮了個小婦人,宋四公都不曾看得出,看的要人笑壞了。宋既作書與趙,在侯興家聚齊,又添上一個王秀,弄得做公的都被禁魂張攀上了,那為富不仁的更是吃了官司,王殿直等都死於獄中,滕大尹空有善審獄之名;他們宋四師徒一班人落得逍遙自在。雖然不能如《水滸傳》那種氣魄,貫串成編,但就短篇來講,這也算是不可多得的了。

(51-03-06)

張伯苓的紙煙故事

　　最近在天津因腦充血而逝世的張伯苓，主持南開學校幾十年，在教育上不能說毫無功績；可惜他晚節不修，垂死還被拖上什麼「考試院」院長的位子，解放以後，他未嘗不悔悟。我想，張伯苓的歷史，南方的人也許有不知道的罷。在他少年的時候，也是個捧鳥籠鬥鳥兒的二流子，手上常套個斑指，每天無事茶坊裏坐；硬是這樣白消磨時日！他學過幾天海軍，英文、數學也還有些根柢。有一天，有個老人來找他。你道是誰？那便是嚴範孫（修）。範孫極力勸導他，最後在嚴家裏創設了南開學塾，由學塾這樣改中學，建大學。在南開中學任校長時，也還有個故事，就是關於戒紙煙的。一天，他見一個學生抽著紙煙在走，他叫那學生站下來，問他為什麼抽紙煙？那學生道：我看見校長也抽紙煙，因此才學抽的。他說：「好！我如果不再吸煙，那你還抽不抽呢？」那學生搖搖頭。於是，他當學生的面，將煙嘴毀壞了。從此就沒有抽過煙。像他這樣的戒煙，我知道他對於以往的過失，必深自悔悟；要不是年限七十六歲，應該有向人民將功贖罪的機會。他對政治認識本甚不清楚，他常說的一句話：「中國的事不能用顯微鏡看；該用望遠鏡看，」這句話的含義就夠模糊的了。

飲虹（51-03-06）

137

認母記

　　我一位堂弟跟著新四軍從大別山打游擊打到蘇北，沿路丟下兩個孩子。有一個在三年前已找回來了，她留養在別人處已經過五六年，認領回來以後，知道這父母是出身的父母，不久也就廝熟了，另一個是他的最大的一個女兒，國民黨反動派在那一帶搜索時，幾乎遭不測之禍，多虧朋友夫婦冒萬死救護下來，這孩子今年已是十二三歲了，一直在那朋友夫婦身傍，她只道那才是父母。這回費了相當的事，請那朋友送了她回來；她見了父母，直是不肯認；那朋友要回去，她又直是哭。二妹妹告訴她：「我也是這樣的，我在外也有五六年，現在知道他們才是我的親爹娘。你看，我像他們不像？你像他們不像？」好了，她不哭了。現在她也叫媽了，對父親還感到有點陌生，「我想，不久總要認的，第一步，她已是認了母親的了，呵呵。」堂弟來對我這樣說。

雲師（51-03-06）

少年都玄的一句話

都敬穆名玄，是明代弘治時的一個進士，我對於他並沒有什麼印象，只記得他是蘇州人，跟唐伯虎有過關係，徐經一案，唐寅把個江南解元革掉了。似乎都敬穆是和唐徐反對者，連程敏政的被斥是不是受他影響？我也記不大清了，手邊沒有《明史》，我且不必檢看。但是都玄說過一句話，這句話曾影響過我，不獨影響過我，曾有不少讀書人為著這一句話，勇敢起來！就是少年的都玄，家裏貧窮得不堪，常常沒有飯吃，他拍一拍胸脯，道：「天壤間當不令都生餓死！」用現在蘇白說起來，該格外的動人！要麼沒有天地，只要有天地，不會叫姓都的餓死了的。這是多麼有意義的一句話。

都玄的一生事蹟，我並不感覺什麼，這句話一直到今天，我還是忘記不掉的。據史書記載，他最是好學，晚年還是如此；他住的地方近南濠，這一天晚上，有人家娶媳婦，大風雨把燭吹滅了。一時黑暗起來，只有都家一盞讀書燈還在，於是去到他那兒借火，他那時年紀已很大了，坐在燈前，兀然不動，借火給這娶媳婦的，相傳成為佳話，但此事仍不如他少年時這一句話來得有力量。

（51-03-07）

「國歌」一公案

　　一首國歌應該能代表這國家的精神，不是勉強所能湊合而成的。新中國目前以〈義勇軍進行曲〉代國歌，這是一個賢明的處置，好似法國用大革命時馬賽曲代國歌一樣。民國初年，軍閥政府曾以〈卿雲歌〉代國歌，可是卿雲之詩，第一真偽就成問題，何況文字古澀，怎能為大多數人民所接受！那時南通張季直就作過國歌三章，記得是「仰配天之高高兮，首昆侖祖峰，俯江河以經緯地輿兮，環四海而會同。」是這樣開端的。可笑在洪憲的前夕，那時「教育總長」湯化龍想離職出京，他無詞可借，正在議定國歌時，他於是利用反對國歌的事，就此走了。他逐句的批評道：第一句「中華五族開堯天，億萬年」這根本就不通，什麼「堯天」，堯只代表漢族，有堯無舜，又誰是揖讓。所謂「億萬年」，是堯天呢？還是五族呢？第二句「中國雄立宇宙間，山連綿」，更是不通！立國能在天上，豈不是空中樓閣！不說雄立世界雄立東亞，而說雄立宇宙，直是有天無地！大好江山，現在只說「山連綿」，江淮河漢，那裏去了？有山無水，尤其荒唐。讓他一說，果然全會大怒，這國歌被攻擊得體無完膚。尤其可笑的是：袁世凱稱帝時，將它一改，變成「帝國五族開堯天，億萬年」。那「中華雄立宇宙間，山連綿」以下還是照舊。沒唱兩天，也就垮了。

飲虹（51-03-07）

鄰婦生兒

天在落雨，才睡了一覺，耳邊忽然聽見有嬰兒啼哭的聲音，老妻也醒了，急推被而起；她這一起來，我也睡不住。不過她是給人家服務，如燒開水、淘米煮粥等。現在保健所雖然設立很多，助產的手續費也不算貴，但為節省這兩三萬元，事先又未去掛號。嬰兒是墮地了，胞衣卻沒有跟著下來。總算好，他們還不迷信去燒什麼燈籠，也沒有採用咬頭髮作嘔的土辦法，只是幫忙她抹兩腰，約摸十多分鐘，這胞衣才下來。我不便走進這產婦的房，只坐在書室中，寫一支〈黃鶯兒〉道：「夜半小窗西，聽呱呱、墮地啼。起來兀地忙推被。燒湯下米，一手老妻；這時要睡難安睡。雨淒迷，燈昏屋暗，還自咬兒臍。」老妻出來說：「臍倒沒有自咬，不用助產士畢竟不妥。」忙得她也不安適起來，究竟她不是職業的助產士，感到好累。產婦因有多產的經驗，她也太忽略了。不知道越是多產過，越有危險性。

雲師（51-03-07）

《新安天會》

　　如果說袁世凱也是個戲劇家，那真對我們的劇人太侮辱了。但是袁世凱卻曾編過一齣戲，那便是《新安天會》。這戲未必真是他編導的，但是至少是出於他的造意。那時北京第一舞臺大演其《安天會》，他於是借第一舞臺演《安天會》的藝人來排演《新安天會》。不用問，自然他對孫中山先生極盡侮辱的能事！劇情大概是孫悟空大鬧天宮，後來逃回水簾洞，天兵天將十二金甲神圍困洞外；孫悟空就翻一筋斗逃向東勝神洲，擾亂中國，號稱「天運大聖仙府逸人」，他成一個八字鬍，兩角上卷的，以東方德國威廉第二自命，那模樣就照中山先生的容貌化裝。那中軍官是黃風大王，是黃克強樣子；先鋒官是獨木將軍，又是李烈鈞樣子。玉皇大帝詔令廣德星君下凡，降生陳州，怕這又是袁世凱自尊自貴的，比方自己了。他與猴頭大戰，當下捉了中軍官，原來黃風大王是肥豬所變，前爪還缺一指，向泥中一拱嘴，又土遁去了。先鋒官也是狼狗所變，乘風避到南洋群島去了。於是廣德班師回朝，文武百官上平南頌。這戲要孫菊仙唱，他不肯。劉鴻聲是參加過的，袁世凱賞他一件九條散龍袍，當時戲劇界拿它當笑話談的。

（51-03-08）

昇平署

　　清廷內府對於戲曲的管理，設有昇平署司其事，它的歷史並不十分悠遠，不過只有八十五年的樣子，就隨著滿清的帝制政府而結束了。在清初，原是和明代制度一樣，有一個教坊司，凡宮內行禮宴會，都由領樂官率領女樂二十四名，去序立奏樂。順治元年另有隨鑾細樂太監十八人。到了八年，停止了教坊司，婦女入宮也用太監來承應，名額擴充為四十八人，這才開始有扮演雜戲的。康雍時搞什麼「中和樂章」，乾隆手上將它搬入南府，稱為「內中和樂處」，習藝的太監們叫「內學」。教坊司名稱在雍正七年正式改為「和聲署」了，在長安街南的一部分名「南府」，別在中華門內北的內務府也有一部份，儼然學的唐明皇梨園子弟。南府又分內三學：內頭學，內二學，內三學。外二學是：大學，小學。還有中和樂十番學，跳索學。乾隆幾次南巡，沿途演戲供應，大引起他的興趣，後來就辦「梨園總局」了，在景山也來外三學：外頭學，外二學，外三學。首領是八品，學生沒有定額，到道光七年二月六日，正式設立昇平署。早十年，我為涵芬樓校懷寧曹氏所藏的戲曲鈔本，大部分是昇平署的舊物。又有《昇平署志》一書，世間流傳甚少，但它的沿革，可以說大致是這樣的。

飲虹（51-03-08）

143

今年的婦女節

在工人弟兄和農民兄弟大遊行以後，接著就有婦女姊妹們三八節的活動，在南京市今年的盛況，也非昔比。還沒有進入三月咧，婦聯同志們老早就籌備了。尤其我要說到的是家庭婦聯的熱心參加；還有近郊的姊妹們，她們極關心婦運，有一位陳大嫂說得好：「我們做小姑娘時，只知道出什麼娘娘的會，我們都是娘娘了；應該為我們自己的會更出得熱鬧些。」她領頭的搞高蹻彩船，後來組織上為著節省財力，只要她們出腰鼓隊、鑼鼓隊；還有幾位因未得參加行列而失望。陳大嫂安慰她們道：「我保證明年更比這熱鬧，大家預備好，明年再用也是一樣的。」從這情況看來，可知今年的婦女節也是展開新紀錄。事先她們只準備五萬人的遊行，今天到期了，也許超過了一半還不止；智識婦女和大中學女學生們或不免有在鼓動站照呼而未能隨著遊行，因為爭取遊行的人太多了。

雲師（51-03-08）

144

錢婆留的俚歌

讀《齊雲樓》敘述張士誠的取平江，使我想起五代時的吳越國王錢鏐，鏐因諧留的音，他本字是婆留。張氏之再降附元，是朱元璋逼出來的，稱他「張太尉」，他一定是不願意的；而錢婆留的附唐，情形跟張氏大不相同。這吳越居然維持到九十八年，他又活到八十一歲。子元瓘，孫佐與俶，又居然有三傳，他的幸運總算不差。當他射潮以後，回到臨安。不知為什麼對項羽「富貴不歸故鄉如衣錦夜行」這句話，大發生興趣。改臨安為衣錦軍，石鑑山為衣錦山，兒時所坐的大石，又定名衣錦石，門外一大樹也封為衣錦將軍，舊所居地亦是衣錦里，幾乎無一不以「衣錦」名之。他生下來，父母要丟他，多虧一個王婆留下的，那王婆已九十多歲了，前來歡迎他。於是他喝了她手中所敬的一杯酒。又請當地八十歲以上的飲金杯，百歲以上者飲玉杯。即席作歌道：「三節還鄉掛錦衣，吳越一王馴馬歸。天明明兮愛日揮，百歲荏兮會時稀。」那些父老不知他說些什麼，都不作聲。他這才為俚歌道：「你輩見儂底歡喜，別是一般滋味子。長在我儂心子裏，我儂斷不忘記你！」大家拍手和著，這才歡笑了。這俚歌畢竟較原歌有情致、有意思多了。

（51-03-09）

馬可波羅與古德諾

　　袁世凱的竊國柄、稱帝制，可以說完全出於美國帝國主義的支持。那時雖說他有法國籍的顧問韋布爾，日本籍的有賀長雄；但那美國法學博士古德諾特地出面發表一篇〈共和與君主論〉，這樣袁氏才決定背叛人民，膽敢變更國體。翻譯家伍光建先生還說過：以西洋人的主謀，變更中國政治的，先後有兩人：一個是元世祖時代用羅馬古帝國制度設「行中書省」，實行大中央集權的馬可波羅，另一個就是提倡中國改變共和為帝制的美利堅合眾國人古德諾！張仲仁老先生也講過：「帝制之議，發於德英，予早燭知其謀，美人真幼稚耳！」他認為德英雖有此心，而真正執行幫助中國禍亂的，卻是美帝。劉禺生先生〈洪憲紀事詩〉云：「西洋謀主兩朝多，馬可波羅古德羅；斜上繙行君主論，貞元朝士有先河。」這詩作於民國五六年，他早已看出美帝對中國是不懷好意的了！仲仁先生說：「後古德羅深為悔懼，向蔡廷幹言，有歸國將受法庭審訊之語。」我們只消看古德諾歸國曾否受到審訊，我們便可以知道美帝對中國有無什麼「友誼」可言了！這還不是美帝貽害中國的鐵證麼？

飲虹（51-03-09）

洪秀全的詩

　　向來我們談太平天國諸王的詩詞，從來不曾注意到天王的作品，可是在德國柏林圖書館倒有天王的詩集一卷，每詩附有韓柏兒的英譯，總共不過十九首；現在看起來也不見得它比乾隆御制詩來得差！我把這些東西編成〈太平天國文藝三種〉，民國二十三年一月曾由會文堂書局出版。我原跋說它「辭氣粗，固無足取」；我那時這樣的批評，是不正確的，像那第十九首：「近世妖氛大不同，知天有意啟英雄。神州被陷從難陷，上帝當崇畢竟崇；明主敲詩曾詠菊，漢皇置酒尚歌風。古來事業由人做，墨霧收殘一鑒中。」何嘗不好？不過像第十五首：「信實上帝，便是上帝子女，來何處？從天而降。去何處？向天而昇。」第十六首：「敬拜妖魔，即為妖魔卒妖，生之時為鬼所迷，死之日，為鬼所捉。」不免有點近於標語的樣子。又第十八首：「煙槍即銃槍，自打自受傷；多少英雄漢，因死在高床。」直是警世詩，多少與王梵志、寒山、拾得之流的禪偈也像極了。其中又如第八首：「老拙無能望後生，誰知今日不相關！經綸滿腹由人用，聽信讒言執一般。」這又似乎是洪秀全晚年的作品，這裏面一定有什麼事情，可惜我們不能知道了。

　　　　　　　　　　　　　　　雲師（51-03-09）

蘇州的關羽塑像

朱景文兄從蘇州來，談起北寺塔有座關帝殿，這殿上所塑的關羽像跟平常所見的不同。景文兄說：「以我看來，這像怕更可靠的。」恰巧另有位朋友在座，便問他：「何以見得這像要可靠些？」他說：「這像沒有平常所說臥蠶眉丹鳳眼那麼漂亮；關羽該是個久歷風塵，奔走江湖之人，不大漂亮，似乎逼真一些。而且滿臉的痣，也可以說醜得很。」另位朋友和我一樣，到過洛陽的關陵，關於關氏不同的塑像見過不少，我們不敢說那一個可靠，然而蘇州這一塑像卻沒有注意，據景文所說，可算是比較特別些的。沿著長江，在湖北境內關廟還很多，一入川境，到處是桓侯廟，供奉張飛，而沒有關廟供關羽的，這當然因他生前未入川的緣故。洛陽那個關陵，二門有一口刀，我去玩時，和尚告訴我這便是青龍偃月刀，又有他畫竹的石刻；除不同的塑像而外，還有畫像，也是個矮身個，臉上有痣的；不知道和蘇州這塑像是否相同？俗以五月十三為關聖誕日，在關陵極熱鬧；蘇州北塔寺關帝殿有無特殊風俗？我也不知道。我對於蘇州，雖不能說不熟悉，但總不如當地人的熟悉哩。

（51-03-10）

148

猴盜的故事

　　這是《輟耕錄》記的一個故事，說有一位優人杜彥明，由江西回韶州。在旅館裏，先來一客，穿著刺繡衣服，玉帽皮履，杜前叩姓名、履歷，那人回答很詳細。第二天，那人還約杜讌會，見他帶一猴，這猴能周旋席間，聽他縱使；他用番語說了一句，那猴捧一碟至，又用番語罵了它，猴就換來了一碗。杜很詫異，那人說：從前有婢得子，沒滿月而子亡；這猴才生十五天，它也失母，就令婢乳它。因此它聽我指使，並解一些番語。後來杜彥明經過清州，聽說有一個江湖巨盜，帶一猴作伴；白天他窺明路徑和藏蓄所在，至夜由猴入內偷竊，他在外面接應。要獲此盜必先奪此猴。杜就想起那人來。杜住吳同知處，果然那人來訪吳，吳向他索猴，起初不允，吳說如你不允，我即斷猴的頭；不得已才答應。吳贈銀十兩，臨行，那人番語告猴，吳派譯吏在側，知道那幾句番語是教猴不飲不食，如此定釋放你，可即逃來，我在十里外小寺中等你。那晚上，吳試予果食，猴皆不食，又派人去看那人，果然沒有遠去。因此殺猴，破獲取此盜。這段故事很有傳奇性，也有些偵探片意味；想來此猴是經過很久的訓練過的。

飲虹（51-03-10）

六部

在北京天安門靠西單附近的地方，叫做六部口。我不曾查考過那是清代或明代的遺稱？所謂六部當然是指吏部、戶部、禮部、兵部、刑部和工部。偏偏有些無聊的文人硬假借一些古字別名替六部換了名目。例如：吏部叫做銓部，戶部叫做農部，禮部叫做儀部，兵部叫做駕部，刑部叫做比部，工部叫做水部。清代史學家章實齋，他在《文史通義》中特列「古文十弊」，這也是十弊之一，徒然混淆後人的耳目，實在是不對的。更有滑稽的人取《孟子》上「富貴貧賤威武」六個字分配給它。道：天官掌銓選，該名貴部，地官理財用，該名富部；春官登寒酸是個貧部；夏官統將帥是個武部；秋官掌殺戮屬於威部，冬官督工匠，就是賤部。凡主事分得冬官的，大家都說「賤部裏去了！」從這說法，可知在封建時代對於勞動人民是如何的輕視。怕今天能知道六部的職掌的人也就不多，什麼富貴貧賤威武的笑話，知道的更少了。

雲師（51-03-10）

150

《拊掌錄》

　　我很喜歡看笑話書。這一類書明代最多，只有《拊掌錄》相傳是元人作的，所以它常用張文潛、劉貢父、孫巨源一班宋代人物作題材。我愛其中有兩則：一是有一位書販子，那時書販就是土人自己挑著賣的，他正要進京，走到半路上，遇到另一位書呆子，翻一翻書目，馬上想買這些書，只是沒有錢。不過他家倒有好些件古董銅器，賣書的恰巧有古董嗜好，於是兩下佔起價值互相交易；把那擔書就換成幾十件銅器了。他不再到京城去，就回到了家，老婆看他回來這快，心裏很奇怪，加以問訊，才知換了古董回來。氣極了，罵她丈夫道：「你換他這個，幾時才有飯吃！」他丈夫說：「他換我那，也幾時才有飯吃呢！」這個笑話妙在說一個人的迷惑於他的偏嗜，只要想想就覺可笑的。還有一事，是安鴻漸怕老婆。他丈人死了，老婆管著他，問他為什麼哭而無淚？鴻漸說：「用帕子拭乾了的。」老婆說：「明天早些來，要拿眼淚我看。鴻漸窘得很，就以寬巾納濕紙置在額上，大叩其顙而慟，老婆才叫他進去看，一看大驚，道「淚從眼出，何故額流？」鴻漸忸怩了半天，回答道：「難道妳不知道水出高原那句話嗎？」他想這樣掩飾過去的，但是誰聽到這話能不捧腹呢？

（51-03-11）

梅曾亮家世考

　　曾在本報發表的《金龍殿》話本，提及參加太平天國過的梅曾亮，關於他的家世，向來知道的人很少；章太炎在日，曾為此事在南京訪問一位鍾君，所得的資料也少，還有人說他是安徽人，不是南京本地人的。這兩天陰雨，我偶然去看老友梅君，他自稱是梅曾亮的侄曾孫；因此我借了他家藏的《金陵梅氏支譜》和《續修宗譜》來看，證明了梅氏本是宣城籍，遷寧的一世祖是原譜的第九代，名正謀，有五子；第五房名鏐的是曾亮的祖父，鏐生子冲，冲的長子就是曾亮，大排行是老六，他已是遷寧的第四世，本字葛君，生於乾隆五十一年丙午三月二十五日子時，咸豐六年丙戌十二月午時病故，壽七十一歲。起初元配姜氏，沒有兒子；以堂弟曾達次子彥高為嗣。後來側室楊連生二子，一誦芬，活了二十八歲；一紹箕，也只活到四十五歲。紹箕有五子：振聲，承祜，承祐，承澤，同保，都無後人。曾亮墓在朝陽門外排塘庵祖墳上。那楊氏在光緒二年才死。對於他受天王的優禮一事，隻字沒提，連死在鹽城楊以增處都沒有講到。僅僅說他是個簽發貴州的知縣，不願意作官，因而成了一個詩文名家而已。不過，這些家譜中的資料，也頗有予以保存的價值。

飲虹（51-03-11）

太平軍的贊助人

我說廣西梧州府知府顧元愷是太平軍的贊助人，這並不太過罷？可是治太平天國史的人不大提到他。我無意中翻閱宜黃歐陽宋卿的《見聞瑣錄》前集卷二中，發現這一段史料。當梧州某縣知縣李某密訪得洪秀全等在某處結盟拜會，設立簿記列姓名數千餘人；他掩其不備的，率衙役汛兵馬快好幾百人，圍起來擒捉，那些王都在內，並搜得簿記旗幟無數；準備由府解省正法。那知府正是顧元愷，他是個遇事姑息，愛近文士的人。李某解到府來，顧氏親自鞫問。秀全說：「我是個文童，在花縣還考過前十名的，不敢為逆。」當場元愷就出了題目，命秀全作個「起講」，果然他援事立就，文章倒也頗調暢的。元愷說：「這真是文士」，話裏怪李某錯拿了。又問秀全，既是讀書的，何以往來有這許多人？秀全說：「近村的多相識，怕有盜警時，彼此有個招呼。」顧元愷也相信這話。問到旗幟等物，秀全只說是偽造誣陷的。那巡撫鄭祖琛更是無用的，平日就唸佛吃素，既然知府這樣保證他們，故而反責李某多事。照此看來，不是顧元愷，太平軍是不得成事的；所以我說顧元愷才真是太平軍的贊助人，並非故作驚人之論。

雲師（51-03-11）

小叫天故事補

我談過小叫天傳授其子小培的經過，可是他自己的成就，何以能達到這高的水準呢？他本武昌小東門外沙湖人。小時候隨著他爹叫天到北京，跟程長庚學鬚生，長庚也是湖北老鄉，起初說他的聲音神態都不夠味兒。他發憤之餘，每次長庚出台，他必背台而坐，簡練揣摩，很久以後，還有一點差勁。於是向台而坐，一舉一動，一切高下疾徐輕重的聲調學的有個譜兒了。對長庚說：「老師的神藝，學生已略得端倪了。」長庚叫他當面一演奏，於是大驚！「老夫的衣缽，你竟能傳了。」從此為他延譽，他又入升平署外班習藝。這樣他的技藝又提高一步。一直到內廷供奉，差不多已成戲曲界先正典型了。民國四年，袁世凱壽辰，要戲界名角入南海表演，在江朝宗的軍隊挾持下，他們入了新華門。小叫天一路大笑。那齣《新安天會》要他去演主角的，他盛氣拒絕；才改為《秦瓊賣馬》。大家問他：「你何以要大笑？」他說：「我不願意小叫，又為什麼不可以大笑呢？」原來他的父親，本是個徽班鬚生，愛弄叫天鳥所以才名叫天。又起初小叫天學武生的，隨父入京以後，改習鬚生。那時汪桂芬最負盛名，小叫天的《賣馬》一出手，汪即終身不演此劇；汪的拿手戲《取成都》，譚也不演；兩雄不相厄，這也值得佩服的。

（51-03-12）

談朱壽

　　朱壽是明武宗一也就是正德皇帝的姓名，這一位風流皇帝，我始終疑心他的神經是不健全的，也許患有極嚴重性的精神病？他做慣了皇帝，與人民大眾太隔絕了，他願意稱名道姓的和人民一樣，這也是史有前例的。如唐宣宗愛自稱鄉貢進士李道榮。不過，這一位正德皇帝既自封天下大元帥，又號大慶法王，總督軍務威武大將軍總兵官，加鎮國公，再加太師。易名朱壽，卻不許臣民避諱。舊史說他「乖異」，有的為他辯護：「武宗好佛，或取佛法平等，不自囿於尊貴。」我看這解釋還是不妥，應說他的心理是變態的！我舉一例：「正德九年，宸濠獻燈，誤觸火藥，延焚宮殿，自二漏至天明，乾清以內皆燼，火勢上盛，上往豹房回顧光焰曰：是不啻一棚大煙火。」不是一個精神病患者，是說不出這樣話的。還有一件事，據《一瀲齋筆記》有一則說：「南征宸濠，先移劉美人居通州。帝約先行，而後迎美人以從；臨行，美人脫一簪請上珮之，且令迎者執為信。過蘆溝上馳馬失簪，大索不得。及至臨清遣迎美人，辭曰：非信不敢行，上乃獨乘船晨夕兼程至張家灣自迎之。」請看這個荒唐鬼，連這種事他都冒裏冒失的，把天下國家的事交付給他這樣的人，那未免太危險了。宸濠本身的缺點也許更多，不然起兵以後，怎會失敗在這精神病患者的手裏？

飲虹（51-03-12）

石達開詩鈔

　　怕已有二十五六年了罷，我曾從一些筆記中搜輯出一本《石達開詩鈔》，交給泰東書局出版，聞一多還畫了一幅紅黑兩色的封面。沒有好久，就再版了；泰東又代換了幅白底封面畫。那時我寫過一篇不算短的〈石達開傳〉，今天看來，真個是錯誤百出，不值得存稿的。至於詩鈔裏的詩，如《飲冰室詩話》所載那五首律詩，像什麼「我志未酬人亦苦，東南到處有啼痕」我本疑心未必是他作的，因為作者的立場很不正確的，但我還不敢疑心就是梁任公先生偽作的。今天，在商務印書館翻到新出版的羅爾綱君的《辨偽集》有一篇談石達開詩的文字，引二十八年柳亞子翁署名「春蠶」為我那舊輯作的跋，在兩年以後，我們桂林晤談時，盤桓好幾日，他沒有提及。此跋我也始終未拜讀。據亞翁說，那五首是梁氏偽造，其餘大部分又是高天梅的贋品。他說：「致湘鄉石龍軒四首，未注出處；不能說出真偽來。」我自己想了很久，才想起是從民國初年的舊報紙上寫下來的，本有缺字，所以 x x 特多。那時慶還白鹿洞的石刻沒有發現，詩鈔所以未收；究竟真的石達開詩有幾首呢？我不敢臆斷。

　　　　　　　　　　　　　雲師（51-03-12）

156

夜譚

一個人的生活習慣，常是因客觀的條件而改變的。二十年前，我最愛的是夜譚，無論在上海或是南京，往往談到深夜，然後才緩步回寓。因此我不能早睡，早睡也不能入夢。在抗日戰爭初起時，我們全家逃亡，過了鄉村生活，夜譚沒有對手，只好在燈下看看書，又因省燈油的費用，不敢久坐，於是不管睡著睡不著，一早就上床，有時在九十點鐘居然睡著了。輾轉到了重慶以後，偶然得到夜譚機會，談過午夜的事還是有的，但不常有。沒多久，又搬鄉村去住，村居就一定早睡，經過十年的矯正，我竟養成了早睡早起的習慣，然夜譚之樂，不可再得。

東歸以後，也曾度夜生活兩年，夜生活跟夜譚是衝突的，因為編排校閱報紙的稿件，忙得不能開交，那有杯茗論心的閒趣呢？不知道因為什麼緣故？近來羨慕起「臥佛」來了，也許還是身體衰疲，恨不得跟陳圖南一樣，一覺睡它八百年。燈下坐不了一會，瞌睡就來了。有一位朋友，倒是愛夜譚的，常來找我譚；譚不上一小時，我又想睡了。可笑這朋友他定有「對手難得」之歎！

（51-03-13）

157

靜園自述

　　靜園老人伍仲文先生（崇學），是本報同文迥厂的叔父，他本南社老社友之一，因病退居了多年。去歲以他妹倩林伯渠同志之邀，又北上小住。最近回到故鄉，見本報刊登拙作「新春樂事」，恰巧七二自度，他也作了〈黃鶯兒〉四首：①勤苦憶童年。別金陵，去皖田。兒童竹馬嚴親戀。台杭見，志學里旋，研求寶藏從時彥。把塵蠲，一帆東渡，歸賦革心篇。②歲月恨難留。返鄉邦，僅一秋。英才作育調新舊。燕京住久，念載已週。中山志續除塵垢。歲添籌，算來增愧，耕硯任優遊。③淒雨苦風中，冷梅香，小院東。朋儕邀宴情誼重。杯觴飛動，笑語俱同。陶然七二翁從眾。省予躬，釣遊鄉樂，來歲盼重逢。④蕭散學兒童。好山青，對老翁。弦歌北谷漁樵送。雞聲三弄，愛彼眾工。荷鋤日出隨勞動。趁春風，穀宜時播，奚待落花紅。從這四首自述中，我們可知道這位老先生的思想是進步的。「中山志續除塵垢」，這一句指幫著孫中山先生反袁的往事。他一生事業在教育方面，所以到今天還有「學兒童」的興趣。而且為著南京市孤兒院的事，熱心擘畫，成績斐然，這「自述」不獨是鄉邦文獻，凡是教育工作者同志一定樂於欣賞的。

飲虹（51-03-13）

袁寒雲的「八陽」

同治年間，在北京所謂「家家收拾起，戶戶不提防」，收拾起便是《鐵冠圖》中《八陽》的「傾杯玉芙蓉」第一句。不提防又指《長生殿彈詞》而言。這都是崑曲。袁寒雲的拿手戲就是《八陽》，相傳他跟一位常州人趙姓學的，曾在江西會館表演過。八陽是演的明初的建文帝，他是所謂「皇二子」；當他唱到「恨少個綠衣使鼓罵漁陽」，有時也會涕泗滂沱起來，他朝著那班擁他爹袁世凱作皇帝的朋友望一望，那一般厚臉老官僚也會感得忸怩不安。寒雲曾集聯云：「差池兮斯文風雨高樓感，收拾起大地山河一担裝。」上句是李義山詩，下句就用《八陽》。劉禹生詩：「夜入深宮強定情，教坊南部舊知名。筵前垂淚談天寶，身是當年薛麗清」。「薛麗生」一作雪麗清，是那時北京清吟小班妓女，一度嫁寒雲為妾，她只道作了皇子妃好不享福，嫁的不到一年，她已選定三十六著走為上著，不要作「皇帝」家的人了。

雲師（51-03-13）

紅娘子

　　在重慶旅居時，有一天接到郭沫若先生的信，他問我有沒有什麼關於紅娘子的材料。大約那時他想為李闖王寫點什麼東西；我手邊又沒有書，在記憶中的紅娘子真是毫無珍貴的資料。一天，在朋友那裏翻到《觚賸續編》，看到一段記紅娘子的事，隨手鈔了下來；這紅娘子不是那紅娘子！說陸雲士在江陰作知縣，湯西崖來遊，有情必達，大家都忌妒他。

　　雲士說：「大家不必忌他，請問像湯西崖的天下有幾？」這時西崖跟一名妓叫紅娘子的要好，一直把他的遊資花光才走。第二年，西崖中了翰林，派一人送信來，雲士以為他紀念這紅娘子，那知信中提也沒提，把個陸雲士氣得將信扯掉。陸雲士已是清初人，跟李信等雖不同時，所寫紅娘子也不是繩妓，當然不是沫若所需要的了。夾在一本書裏，今天忽然又翻它出來。我想：從前叫什麼紅娘子的也許還不只兩個三個哩。

　　　　　　　　　　　　　　　雲師（51-03-14）

憶梅小記

　　張煥老以七十高年，遊興還那麼豪。他跑來約我往陵園看梅，雖然是久雨乍晴的時候，可是料峭春寒，我守著書窗，咳個不了，振不起精神奉陪前往。老人居然連杖都不攜，搭著公共汽車去了。玩了大半天，回來又告訴我：「梅花開得爛縵絢爛極了！天暖和一些，你還是該去看一看。」他對梅訊報導得甚詳。因此動了我舊遊如夢這感。我從陵園想起，想到梅花山，又由梅花山想到了明孝陵。這已忘記是那一年的事了？亡友江小鶼自上海到南京來，那時我還住在門東，兩人在南城城門口雇上兩匹牲口，彳彳亍亍的往孝陵去，季節也許比現在遲些，滿地的菜花開了，梅花的外圍有一帶桃林也盛開了桃花。菜花黃，桃花紅，梅花更是多種多色的。我們騎著驢兒看花，我笑對小鶼說：「從前人說走馬看花，我們是走驢看花哩。」小鶼披著斗蓬，風吹著他長髯飄飄的，煞是好看。現在算來他已死了十年，當時他要我寫一首詞，原文已忘記了。我對陵園的梅還不覺著什麼，那孝陵桃樹圍著的梅花不知開得甚樣兒？我真有些懷念它。

（51-03-15）

趙南星的作品

報載董必武先生將趙南星的一柄鐵如意送給中央文化部文物局保存了。我從前只知道趙氏有一方「天方未明之硯」，不知道還有鐵如意，也不知有無銘辭？我已經寫信去問董老，希望他能供給我一些資料，雖然我並沒有看到原物。我對趙南星的熟悉，還是二十年前那一趟到北京，得有他的《芳茹園樂府》曲集和一本笑話叫《笑贊》的，後來我在中華書局編印成一本《清都散客二種》。吳霜厓先生總以為像夢白（南星的字），這等正人，不該作市井諧浪的言語，尤其是笑話，有時不免穢褻。但那些小曲活潑潑的從沒有門面語，擺空架子的話頭；去年我在北京，十山翁把他另一抄本送我，原前的缺漏都可以校補了，我攜以南歸，非常歡喜。我想：越是正人，越是天真活潑，想到那裏，說到那裏。只有偽君子愛裝些「衛道」的面孔。像南星不但是說呢，也許說打人就打人，這鐵如意怕還不是打萬惡的太監用的嗎？在「三君」之中，趙南星應該算是最光明磊落的一個了。

飲虹（51-03-15）

娘媽會

國際婦女節是在每年三月八日，從前在中國有個婦女集會的日期在三月十七日，是由廣州開始的，叫做娘媽會。紹興也有個子姆會，內容大同小異，只是夾雜一點迷信；要由值會的人每到那天備辦一些熟豬餅果之類，抬到廟中還要祭什麼娘媽，替娘媽做壽。究竟那娘媽是什麼一回事？弄清楚的人倒也不多。不過婦女界集會總算以此為最早了。有人說這是提倡母教，已出嫁的女人可以趁這會期交換知識，談一談婦女切身利害的問題，如生育、保嬰、家庭衛生、家事管理等等。還有人說《周禮》上，有典婦功之官，九嬪掌婦學之法，這些說頭，在進步婦女聽來，都是些塵羹土飯了。當然娘媽會與婦女節，意義上大不相同，可是娘媽會也算民俗上一點資料，娘媽會意義何在？從什麼時候開始的？各地的情況如何？都應該加以調查瞭解。我不承認娘媽會給婦女節什麼影響，但提出這一個題目來，是值得我們研究一下的。我素來反對說到什麼就說我們中國原來就有的；談婦女節馬上就談娘媽會，所以我在婦女節後若干天才把這個談一談，讀友不妨聯想到那節日，卻不必相提並論的。

雲師（51-03-15）

163

痘俗

　　痧、麻、痘、疹，在中醫是一種專科，早些年南京有個孫麻子就是麻痘專家，他傳授的學生我所知道的到今天只有李甲三，他也是六十上下的人了。我並不提倡中醫，但對中醫治痧、麻、痘、疹的積累的經驗，也相當的信服。他們分別這麻子和痧子很嚴格的，老醫生一望就可知道；我跟醫師們談起，他們也很難否認這些老醫生的說法。如果更進一步的把這些土法和科學的醫學更靠攏起來，豈不更好。

　　在這時令前後，正是兒童流行出痧子的時候。據我女兒說，在郊區到今天還保守許多奇俗：只要看到孩子身上出現了紅斑點，他父母立即跪在地下說「接痘神」。出齊以後，照例還要「送痘神」。他們仍視為神的主宰。假便這孩子出天花死了，是不能葬下土的，一定要把棺懸空起來，若不然全村的兒童將要死光。所以每一孩子出天花，不獨他父母重視，全村都重視；但不知遵照正當手續去醫，只是大香大燭的燒；去求神不求醫，這真是極不應該的事。也許，不止我們家鄉如此。現在從事保健工作的醫務同志，第一步應該轉變這奇異的風俗著手才好。

（51-03-16）

遯齋談瀛

在乾隆時代，常州一位徐國山（崑），著有《遯齋偶筆》二卷，其中大談其海外的文字、圖畫、服飾。如西洋意達里亞國，該是現在的意大利，他說，曾看到「金頁表」。在他眼中所見西洋文字是「用規矩橫界十餘格，從左及右，橫書，竟一格，甫入下格，自頂至踵，方幅不空一字。年月不能橫寫，亦勒數格截斷書之。」這是有些錯誤的，我們現在知道的，如「字無橫筆，皆直豎，或斜飛，上參差而下平如截，酷似橫幅所畫遠洲蘆葦，亦不能分別幾筆為一字也。」至於「卷首有一字，如劈蘭葉而拳作螺紋大倍諸字；余心疑為天字，問之，果然。」那真是笑話了！他看到油畫據稱是從宣武門天主堂的天主像來的，尤其是那兒的壁畫，他早已注意到畫上的光線了。所謂「筆筆有影，儼然日光所射。」因為它能逼真，所以「盈尺孩童，圓渾活跳，」也不能不有「洵稱絕筆」之譽。所以談服飾是鄂洛斯，該就是俄羅斯，他稱之為口外屬國，這也不正確的。「衣皆油綠色，繫革條，左右無刀囊之佩，而腰插銀錘或鐵鐧二。」除了錘鐧這種話不大可靠外，其餘所寫跟帝俄時代那些武官們的裝束，是大致相近的。

飲虹（51-03-16）

紀念徐光啟

三月二十一日是徐光啟的誕辰，我覺得有借本報這點篇幅說兩句紀念他的話的必要。倒不是因為他是上海人，希望讀友到徐家匯土山灣去掃他的墓；我因為在重視科學的今天，對於這一位吸收歐西科學有功績的人，該致我們這後於他出生三四百年的人的敬意。中國接觸到西方的科學是元代初年的事，明末，歐洲新舊兩教爭執的時候，他們才向東方發展，如湯瑪諾、湯若望、羅雅谷分別將天文、地理、數學的知識和技術輸入中國。也有為明廷造軍火的，測天象、編曆書的。徐光啟是跟意大利人利瑪竇學的。他平生的譯著，如《農政全書》、《幾何原本前六卷》、《徐氏危言》，都很著名。他生在公元一五六二年（明嘉靖四十一年），卒於一六三三年（崇禎六年）十月七日。他在政治和宗教兩方面的功罪得失，另有定論。就中西文化溝通跟為科學打點基礎上說，這貢獻和功績是不可埋沒的。當然我們這一代的成就應該比他提高一步，沒有他會使中國科學更晚了若干年的。

雲師（51-03-16）

卓文君的丈夫

誰都知道卓文君跟司馬相如的結合，那時她才新寡，那麼她這死了的丈夫是誰呢？向來有兩說：一說是程鄭字鄭子，一說是巴寡婦清的兒子，也名皋，他家搞鑄冶的，富豪不下於卓王孫。皋要文君時，也才二十歲左右。司馬相如和他是朋友，相如口吃，他是工詞賦；皋卻齒若編貝，口似懸河；筆札上自己以為不如相如罷了。兩人同是張禹的弟子，張禹是個度豪華生活的人，後堂列絲管弦，兩人和戴崇都准參與後堂之宴，在那般麗人歌舞的時候，相如每含喜微笑，竊視流盼。而皋很鎮定的，相如問他：為什麼不動心？他說：「物各有極，尤者移人！」並且說到他那位「內子」，雖然姣好，他覺著還不如淡服的侍兒。文君既善弄琴，又富文藻，也來辭賦這一套，皋不如她，氣憤的說：「此事司馬相如可以助我。」果然相如賦成，文君頗有憐才之意，還說過：「司馬相如我可一見麼？」後來皋死於消渴，這樣假借臨邛令偕赴王孫宴，就發生「琴心」的公案。又皋也曾作過〈上林賦〉，屬藁已半，因不滿意而中止。這故事見曹宗璠的〈塵餘〉，我認為不大可信，何以前人都無此說，到清代忽然有這故事，再就皋後身是枚皋這一項神話看起來，可見它多是無稽之談的。

（51-03-17）

戢影述錄

我搜集太平天國史料，得到一種少見的筆記，就是袁香亭的曾孫自超的《戢影述錄》；此書共有幾卷？並不知道。我所看見的是二卷，其中關於天京補敘的資料甚詳。香亭是子才之弟，到自超這一代僑寓南京已是一百幾十年，所以他早就入了南京籍。有一個迷信的傳說：袁子才建造隨園時，曾請術士來看，問他「何時易主？」那術士道：「這園子是不會易主的，只怕遭火劫。」結果果然為劫火所毀，太平軍入城時，隨園還在，自超該是眼見這隨園燒了的。他的父親鶴潭，起初用母姓應試，自超的這一位祖母姓梅，算起來鶴潭和梅曾亮是中表，他一直作梅姓，在太平軍垮了以後，他又複姓袁（可謂歸宗），在太平天國時有無活動，我不敢說；因為書中有一點支吾其詞，我不無可疑？也許是我神經過敏。尤其是提到張繼庚，鶴潭和他是什麼關係？很難斷定。如有人知道《戢影述錄》全書有多少的。希望能告訴我。我對於作者在那時的立場很難看出，因為他父子倆似乎都是動搖得很的。

飲虹（51-03-17）

僧格林沁之死

　　滿清官方記載僧格林沁的死事，好像是這樣說的：捻軍老早掘地八九尺深，有好幾里長，下面設有機關，上面蓋著泥草；引他到了這地區，發動機關，以致使他陷下坑，這樣全軍覆沒的。那時能有什麼機關？這也是很難說的。想來不過清軍自己遮醜的話而已。歐陽宋卿先生親自聽沈森甫說：另是一回事。他道：「僧王殺敵是最勇的，曾一晝一夜追一二百里，還不肯停止；部下是非常怨恨的。有一天，追到一個地方，天已快晚了，大家說步兵還在後四五十里，暫在這兒歇一夜吧，僧王不肯，而且不准士卒吃完飯就要走，其中有一個姓烏的領著大家鬧起來，趁僧王吃飯的時候，姓烏的在後面就斫死他了。並率領大家要去投捻，恰巧潘琴軒趕到，從烏的又有一部分叛了烏，就把他捉住，剜他的心肝祭僧格林沁。」宋卿先生跟琴軒辦過糧台，這事經過，也曾親眼看見一些，他斷定僧格林沁不是陷伏而死的。他說：「余乃歎當時所聞，尚不能憑，況千百年後乎？甚矣史之難盡信也！」當然官方所包辦的史書那裏會有可信的史料呢？他們對於自己陣營的不鞏固，尤其是一定要避諱的。

雲師（51-03-17）

也談掌故

　　左黃先生在〈略談掌故〉文中，替掌故下一界說，就是故事尚可以杜撰，而掌故必須真人真事；講究起來連何時何地都不能錯。這種說法當然也是正確的。我認為所以名掌故者，重點在這故字上。從時間講：都屬於過去的，有的過去還不久，有的過去業已很久；因此談掌故的偏於那一期間，如徐氏兄弟對晚清是最熟悉的。陳灨一對民國初年比較知道得多，而陶菊隱比陳氏所詳的又稍後一點。除了時間外，在性質上講，也該分幾類，有的愛談制度，有的愛軼事，還有地方性的區別，也是不可忽視的。談到方式，有時「因人及事」，也有「因事及人」；有的能舉其大段，有的越是零星事件越是說得醇醇有味。總之，必須掌握一些資料，然後說起來才可如數家珍。我知道余蒼就庋集若干舊報，他又善於整理爬梳，翻舊出新；在今天他談掌故又能端正觀點，這是很出色的一位掌故家。此外像瞿兌之，似乎左黃先生沒有提及的，我不知道他近來還有所寫作沒有？他手上的資料，該不算少的。早年目濡耳染也很多，只要批判的抉擇一下，寫出來必多有可觀。

（51-03-18）

倭寇入侵史跡

在書篋中檢出傅春官金陵舊刻本的《二續金陵瑣事》，在下卷中發現正德年間倭寇搔擾沿海一帶的史跡。有一段說的是甲寅乙卯年，倭寇放火燒掠常州，當時傳言就要直窺南京，弄得南京全城震動，有人說丹陽是南京咽喉之地，南京之守，守在丹陽，應該在丹陽築一座堅城。又有人說，倭寇之來，除大江外有三路可達南都，從常鎮來句容是一路，從宜興來，秣陵關是一路；從太平來，江寧鎮是一路。五百年後的倭寇犯南京，果然是後說中的第三路。大約正德那一次的劫掠，並未能到南京城。然而常州以東受害已甚，《金陵瑣事》中只記倭寇西來期中，南京物價的紊亂，尤其糧食的困難，餓死的人一定不少。這一筆舊帳也不能不記在它們的頭上！作者自稱這材料是從何元朗《四左齋叢說》二十卷中摘出來的，同時這一類史料一定還很多；我們東南沿海各省的人，不妨請治歷史的朋友照這摘錄的方法萃為一書，這也是很有意思的事。

飲虹（51-03-18）

奇計出賣

當曾剃頭九江敗後，重新招募他的部隊編練一軍，做出謙恭下士的樣子，凡是有一技一能可以供獻的，他都要羅致。當他駐撫州的時候，宜黃有個姓鄒的孩子，平日大家笑他文理不通，說他荒謬之至，代他起個綽號叫「半番鴨」，就是好比半隻鴨子，宜黃人俗語謂會說話的是鴨，他只能算一半。這天，在曾剃頭門口貼上一張紅條，大書「奇計出賣」四字，旁注自己的姓名住址。果然給剃頭看到，馬上把他用轎子接來，請他上座，問了他一番言語，他也不知所云的回答了一番。剃頭對他說：「改日再行借重。」把那姓鄒的送了出來。事後，剃頭對人說，我不管他是甚樣人，我不約他，好像有些驕傲。約了他一見，人家就知道我是求才的。這樣真能真才的也就接踵而至了。千金買駿骨，築台自隗始；我是這個意思。於此可見他這個老奸巨猾是如何的會裝模作樣的了！

雲師（51-03-18）

獨行留影記跋尾

　　我的姨丈陳肇唐先生，早年寫過一本《獨行留影記》，
這書的性質包括自傳與遺囑，也許因為我那時不在家鄉，一
直不曾看到。最近，馬興安君送了一本來給我看，問我對這
本書看後有些什麼感想？陳先生在清末任廣東合浦知縣，他
對當時吏治的窳敗，指責甚嚴。罷官以後，改計營商；他的
五個兒子，就是這書中所說的名、聲、寅、坤、蒙，他連學
校都不給他們上，小時候由他自己教，歲數大了，便叫他們
去店裏學習；所以他開的一爿百貨店，成了「一家店」。他
表示不同意於世俗，而以才自命「獨行」。從今天新觀點來
說，沒有讓兒孫直接去搞生產，又標榜「獨行」以脫離人民
大眾，當然思想是不夠正確與進步的。然而在四十年前，雖
不能全心全意的為人民服務，卻也不肯騎在人民頭上，為非
作歹，總不能不說是一個公正的人了。至於這書的形式，介
乎傳記年譜之間，寫得清清楚楚，有原有委的，也值得一
看。我讀它，倒不是因為跟作者有戚誼關係。

（51-03-19）

邵力子談中山先生

邵力子先生為了紀念孫中山先生誕生八十五年，寫了一篇〈假定孫中山先生尚在人間，一定要積極倡導抗美援朝。〉他說：「孫先生論到帝國主義對我國侵略的禍害，從來沒有把美國除外。孫先生雖時常稱許美國兩個偉大人物。華盛頓和林肯；但認清美國現在的政治機器還是有許多的缺點，人民還是不能享圓滿的幸福，美國人民還是想再來革命。」這證明中山先生當日絕不是沒有看清楚美帝的。在援朝這一點上，他說：「孫先生同情一切被壓迫民族，特別是兄弟之邦的朝鮮。他倘若能及身看到朝鮮人民得到解放，朝鮮人民共和國興起，不知要如何欣喜；一旦突然又看到美帝國主義瘋狂侵略朝鮮，不知更要如何憤怒！而要把這憤怒化為力量，難道還有什麼可以懷疑的嗎？」力子先生這幾句話是很扼要的。我想：只要看到這個標題上「假定孫中山先生尚在人間」十一個字，立即就會使我們冥想展開。雖然，我只聽過中山先生一次演講，見過一面，那聲音笑貌，如在目前。若使他親眼看到今日的情況，他一定積極倡導抗美援朝，我與邵先生是一樣看法的。

飲虹（51-03-19）

174

元代所認識的朝鮮

朝鮮兩字的讀音常不相同，有人讀朝作朝夕的朝，也有讀鮮是當作稀少解釋的「鮮」，作上聲。關於這，我查考過一下；鮮字該讀作仙，是有證據的。在元代周致中的《異域志》，他就寫作「朝仙」。他說：「古朝仙一曰高麗，在東北海濱，周封箕子之國，以商人五千從之。其醫筮、卜筮、百工技藝、禮樂詩書，皆從中國衣冠隨中國各朝制度，用中國正朔，王子入中國太學讀書，風俗華美，人情淳厚。地方東西三千。南北六千。王居開城府，依山為宮曰神嵩民舍，多茅茨，鮮陶瓦。以樂浪為東京，百濟金州為西京，有郡百八十，鎮三百九十，洲島三十，以鴨綠江為西固，東南至明州。海皆絕碧，至洋則黑海，人謂無底谷也。」這段記載是表示元代所認識的朝鮮，列為第三，在長生國之次；雖然文字簡短，很能扼要。不如各史附傳之詳，卻已看出中朝關係之密切。可惜朝字的字音究竟該讀若潮，還是讀若招，沒有注明，至於《異域志》兩卷書，在今天有重行整理的必要，至少當代地理學家應為它增加新註，不獨為朝鮮作今古比較也。

雲師（51-03-19）

175

朱達悟

　　蘇州有一位類似徐文長的人物，是朱達悟。見於明代黃瑋的《蓬窗類記》，但是各家小說以及民間傳說，事是那些事，人名常常假借，因此朱達悟也不像徐文長那麼有名。黃瑋說：朱達悟常被人家訛呼為朱搭戶。他聽到這稱呼一定要睚眦必報的。有一天，有個朋友派個僕人持柬來約他去吃酒，那僕人不知忌諱的問：「這兒是不是朱搭戶住的？」朱說：「是的，是的。」他覓一百斤重的石頭，叫他送回去，說：「這是你主人向我借的。」在石上大書：「來人稱搭戶，頑石壓其頸。」他欺負那僕人不識字，還要他注意，半途上不要歇氣，給我兒子看見，他一定要索回的！」那朋友看到，知道僕人說錯了話，大笑不止。還有一天，諸少年遊石湖，瞞著他，一隻小船將要開了，有一位說：「今天所喜沒有給搭戶知道！」朱忽然從艙下鑽出，道：「我在這裏咧。」原來讓他早已打探來了。到了寶積寺，他裝著喝醉了，自己把頭髮和衣服打濕了，回來告訴那些少年的家屬，是小船在湖裏翻了，其餘都溺死了，只有自己被漁戶搭救下來的，弄得各家老幼哭哭啼啼；後來才曉得是他惡作劇的。

（51-03-20）

疑塚

　　歷史上有許多人物，相傳都有疑塚。遠的不說，就說袁世凱的墳墓，也有種種說法。我們南京人最熟悉的明孝陵，也不例外，有人說朱元璋的真埋屍處是朝天宮，這當然就是疑塚之一。又相傳曹操疑塚有七十二處，都在漳河之上。宋人俞應符詩道：「生前欺天絕漢統，死後欺人設疑塚。人生用智死即休，何有餘機到丘壟。人言疑塚我不疑，我有一法君未知，直須發盡疑塚七十二，必有一塚藏君屍。」他這詩的說法是頗有可取的，我也不相信疑塚這回事的，除非他的真屍體不埋進土，不然必有一塚總是真的。京鏜那一首：「疑塚多留七十餘，謀身自謂永無虞，不知五馬同槽夢，曾為兒孫遠慮無？」也是罵曹操的。像曹操、朱元璋、袁世凱這一等人，或許他們怕受過他們迫害的人，在他們身後，要報復到臭皮囊，因此多來墳墓給人家捉摸不定，這就是所謂疑塚。這辦法也許會真有的，那一定也很少；像曹氏疑塚何至有七十二處，又何以給人知道都在漳河上，我始終很表示懷疑；又不知發掘古墓專家曾經有掘出疑塚的經驗沒有？其實，千百年後也無所謂疑塚的了。

飲虹（51-03-20）

假洋鬼子

我手邊沒有《魯迅全集》，這「假洋鬼子」一名詞彷彿見於《吶喊》中的〈阿Q正傳〉。在阿Q眼中有這一等穿洋服，直著腿走路的人，活像洋鬼子，而其實並不是的，所以叫他假洋鬼子。我想談談的，當然不是阿Q所見的那等人；而是有一些冒充洋人，自鳴得意，自以為他是「高等華人」的那般傢伙！我就取假洋鬼子這名兒為例：他遮遮掩掩的，不肯坦白自己的身份，不但如此，並做出大模大樣，裝著洋人嚇人。你疑心他是洋人，他走起路來，腿越發的直了，捲起舌頭來學洋人說中國話。以前美帝國主義等侵略我們，它就仗了這等假洋鬼子，好比作虎之倀；一心要騎在人民的頭上。這等傢夥之可惡也不亞於侵略者。我們要打擊敵人，先得打倒這一批假洋鬼子式的惡人。雖然，現在已次第肅清匪特，這批傢伙的罪惡是不讓匪特的；我們該警惕，該檢舉，該起來清算它。

雲師（51-03-20）

記漢濱讀易者

「漢濱讀易者」是辜湯生（鴻銘）的別署，我們在小時最愛聽關於他的故事。有人說他是廈門人，有人說他生在新加坡，是華僑的兒子，母親是英婦，所以他的眼睛特別藍，有些像外國人，他英、法、德、奧留過學，我們只知道他是學文學的，不知道他學過工程和自然科學。因為他一開口就是什麼「尊天尊孔」，思想很頑固的，他沒有買辦氣，卻懷著濃厚的封建的意識。不過，有時他好像也很清明，例如那時大家唱《愛國歌》，他說：「該再編一首《愛民歌》，前四句我已有了：天子萬年，百姓花錢；萬壽無疆，百姓遭殃！」他之所以入張之洞幕府，由於光緒十一年，在回香港途中，同船一個知府楊玉書的介紹。當時練新軍，請德皇威廉派幾個教官來，張之洞要德教官著頂戴軍服，還要行跪拜禮，那些德人不肯，辜湯生不知用什麼方法說得他們帖然照辦，十七年張之洞在兩湖，俄皇儲內戚希臘世子到東方來，看之洞吸那鼻煙，很覺奇怪，湯生把鼻煙壺遞給他們，嚇得他們一跳。因為他的法語極流利，他們也極欽佩他。為著開浚黃浦局，他指責西工程師浮冒挖泥費十六萬兩，領事還祖護他們。湯生取出自己的奧國工程師文憑親自來辦理。在今天，對於這一位老先生的估價應該重新論定的。

（51-03-21）

除三害的故事

偶閱鄭暄的《昨非庵日纂》，在「悔過」卷中提到周處的事，說道：「晉周魴之子處，膂力過人，不修細行，鄉里患之。處嘗謂父老曰：今時和年豐，而人不樂何耶！父老歎曰：三害未除，何樂之有！處曰：何謂也？曰：南山白額虎，義興長橋蛟，並子為三矣。處曰：若害止此，吾能除之，乃射虎殺蛟，遂從陸機陸雲受學，篤志讀書，砥節礪行；比及期年，州縣交辭，終為忠臣孝子。」周處這除三害的故事，在我們中國怕算是典型的改過自新的一例了。老京戲也有一齣這除三害。南京有一座周孝侯讀書台，高豎牌坊，上面就寫著射虎斬蛟字樣。南京人一直把這除三害當作本地的事，而民間傳說中有一點不同的，就是周處處置自己是用自殺的方法，手提自己的頭還走了兩條街，在第三條街上倒下來，至今還叫做「三條營」。傳說是怎樣演變的？當然為著動聽起見，不惜歪曲事實。其實，自殺是沒有意義的；果然能改過自新，積極的作一個新人，更見得他的堅決底毅力與人格的純正。鄭暄所記是夠正確的。

飲虹（51-03-21）

慘廬記

　　和我在一道有三位姓張的：一是恨水，一是友鸞，還有另一個是慧劍。從南京到重慶，仍然在一道。然而所謂在一道，只是常聚在一起而已；恨水起初住七星岡，後來移至南岸。慧劍呢，好似行雲流水，一忽兒成都，一忽兒重慶，又常作近郊的旅行，我在白沙住家時，有一天，他就來過的。只有友鸞室家之累甚重，在兩路口山凹裏蓋了幾間草房，恨水為它取名「慘廬」，看這名字可以想見這建築（其實說不上建築）之陋。慧劍又為那幾間破屋擬了不少對聯，只記得臥室題作『未完堂』這有兩重意義，一嘲笑友鸞作的章回說常是未完，二因為他的子女多，好像永遠生不完似的。我們的聚合，每在夜晚，恨水來自南岸，我由沙坪壩來，慧劍也雲遊而歸，常常談得大家走不掉，東倒西歪擠睡在一間房裏，雖然慘廬的房屋夠慘的，但當時朋友的樂趣並不慘；不但不慘，在前在後都很難得。現在想起來，那一段生活倒滿有意思。尤其三張人各一方，去年雖和恨水在北京見了幾面，那時慧劍又回到上海。友鸞是常住南京的，今天慧劍來，偶然談起慘廬的事，慘廬誰都沒有記過，該記，故為之記。

雲師（51-03-21）

金魚之葬

　　在新春裏，我最小的孩子花了人民幣一千七百元，買金魚兩條，一紅一黑。我對這玩意兒並不感興趣，可是我對他說有兩件事要注意，一是安頓金魚必須一個適當的場所，從前那些大戶是有金魚缸的。在北方有兩句諺語，叫做「天篷魚缸石榴樹，西席肥狗胖丫頭。」這六大條件可以構成一個所謂大戶人家，魚缸也是六條件之一。我們並不是要爭取一個大戶，但買金魚一定要有放處，便備一個玻璃的金魚缸也是好的。這孩子不知從那裏找到一隻玻璃瓶，金魚那時每條不過寸許，經過兩個月，長大了不少，未免有些跼促。還有一點，天然水中是有不少子孑的，現在我們用的自來水，關於金魚的食糧也是問題。於是孩子每天撒點麵包屑；居然兩個月來兩條金魚都還無恙。今天清早聽到孩子的叫喚聲，問其所以，那黑色的竟死了。孩子以極沉重的心情，從瓶裏取出這魚，送它到花壇上，掘了一個洞，埋它在那兒。又連忙換水，愛護那紅色的一個。我對孩子說：「從這件事上，你應該檢討自己，對蓄養金魚的知識太缺乏了。這一回是一個慘痛的教訓。」孩子眼睛含著淚點著頭聽我這樣說。

　　　　　　　　　　　　　　　　　　　　　　（51-03-22）

廁籌

　　南方民間的習慣，通常是在排泄以後用草紙揩拭的，但北方到今天還有少數的地區用廁籌的。我倒不是因為《莊子》上有「道在屎溺」的話，我才注意到這方面；的確，這裏面的道理很多，就拿過去反動政府那種貪污之風來說，孔祥熙公館的便紙不是開是公帳上嗎？再拿美帝的所謂救濟物質來說，除了一些壞罐頭，不是有大批的成筒的便紙嗎？它們想教中國人連大便都用它造的便紙，這真是用心無微不至了！胡應麟的〈甲乙剩言〉上有一段：「有客謂余曰，嘗客安平，其俗如廁，男女皆用瓦礫代紙，殊為嘔穢。余笑曰，安平晉唐間為博陵縣，鶯鶯縣人也，為奈何？客曰：彼大家閨秀，當必與俗自異。余復笑曰，請為君盡廁中二事：北齊文宣帝如廁，令楊愔執廁籌，是帝皇之尊用廁籌而不用紙也。三藏律部宣律師上廁法，亦用廁籌，是比丘之淨用廁籌而不用紙，觀此廁籌瓦礫均也。不能不為鶯鶯要處掩鼻耳，客為噴飯滿案。」我在北方住過些時，知道到現在還有的用瓦礫的，廁籌也好，粗草紙也好，我總覺得坐抽水馬桶用美帝筒式便紙才能大解，那才是大笑話咧。我是隨遇而安的，瓦礫、廁籌、粗紙都用過，我看最不好的是美帝筒式便紙，因為太薄，每用必費數紙，少則撒一手的爛污，還遠不如其他各種咧。

飲虹（51-03-22）

木魚

　　朋友們在一塊兒聊天，有時長見聞不少。因為余蒼來了，有幾位老友約著聚餐，他是愛吃魚的，特地弄了一味魚裝肉，他看了一看，沒有動筷子，並問：「這魚是可以吃的嗎？」這句話引起滿座哄堂一笑。我知道在過去的陝西吃魚的機會就少，有時館子弄到一兩條魚給玻璃瓶養著，供人欣賞。至於吃的時候，是木雕的魚，跑堂的叫一聲「富貴有餘」！大家看看，他就拿過去了。在座的吳羽白先生說：「我們徽州是有這習慣的。南鄉一帶還可以吃到魚，別的地方只有木魚可看了。」余蒼兄也可以說是皖南人，他這句話是根據徽習而來的。我由木魚又談到在貴州吃鹽的困難，所以在貴陽人家用飯，假使擺出一碟子鹽來，這表示敬客的意思甚厚。我又在桐梓道中，因為打尖要炒個雞蛋，親眼看見一位老人珍重地取出個布包，在這布包中裹著上十層的紙，原來是一塊鹽磚，像刮金屑似的刮下一些些鹽末兒。余蒼說：「豈獨貴州，我記得川境的盤縣，賣鹽還是用戥子的。」我想，在交通暢達的今天，這些現象是該改變了；一定不會再有只能看不能吃的魚了。

雲師（51-03-22）

184

廣德樓與鮮靈芝

北京的戲園子，該以廣德樓為最早；相傳它在明代末葉就有了的。舞臺上本有台柱，柱上還有一聯：「大千秋色在眉頭，看遍玉影珠光，重遊瞻部。」「十萬春花如夢裏，記得丁歌甲舞，曾醉崑崙。」有人說是吳梅村應清廷之詔入京，再補祭酒時所作。民國二三年的時候，廣德樓和三慶園兩家對壘，它以鮮靈芝為主角，三慶園主角是劉喜奎，廣德樓天花板上畫的是四裔人物朝貢圖，裝束風俗，形形色色大不相同，還說是乾隆八十歲做壽時，搜羅四裔色目種族大會京城，賜宴上壽，各奏土戲，內府製了此圖，誇張四夷來朝的意思，這兒當然是那時表演場所之一，所以在樓頂上畫了出來。廣德樓三慶園後來兩班都是坤角，鮮與劉顯成兩派；捧鮮靈芝的以易實甫為帶頭的。只要仙靈芝一出臺，實甫把手拍得震天價響。有一天演《小放牛》，鮮靈芝的丈夫跟包正倚著鬼門；那小丑指著靈芝向她丈夫說白道：「你真是裝龍像龍？裝鳳像鳳。」實甫坐在前排，突然站起來，大聲說：「我有妙對，諸位請聽：我願他嫁狗隨狗，嫁雞隨雞。」樊樊山為此還作了詩。我記得此對在舒鐵雲的《修蕭譜》四劇之一〈卓女當壚〉中就有，也許易氏沒看見過此劇吧？

（51-03-23）

劉師培軼事

儀徵劉申叔先生本名是世培，後來改為師培。他家以三世傳《左氏春秋》之學著名，我藏有他伯父的硃卷，知道他家世的梗概。他跟章太炎先生交誼很好，因為他們同為經學古文家，在章氏辦民報時，他又易名光漢；也昌言革命，排滿甚力。可惜中途變節，充起兩江總督端方的細作來了。這原因由於他老婆何震，何的老表汪某是端方的爪牙，相約暗地放毒藥打算毒死太炎，被人發覺，於是只得往南京投靠端方了。相傳是何震押著他去的，對端方還稱老師。後來端方入川，他跟著去；在資陽端方給民軍殺了，他流落在成都，在那國學院教書。本來大家要對他不起，還虧太炎去信救他下來。在十七八年以後，我也在國學院（後來改稱中國文學院）教過書，據舊人談起來，他之懼內是因為離開老婆便不能獨立生活，飲食起居完全依賴她。過了些時，他往北京大學，又由何震導演，而成為籌安六君子之一，慫恿袁世凱稱帝，那一篇〈君政復古論〉，有人比為揚雄的〈劇秦美新〉。他死時不過年三十六，雖然學術上不能說無所貢獻，但阿附端方與袁世凱總算是畢生兩大污點。何震在他死後也發瘋了，死得也很夠慘的。

飲虹（51-03-23）

女兒的生日

今天是我的一個出嫁的女兒生日，她的弟弟我那次子恰巧由北京來，我也從南京到了，當然我們不是為祝賀她的生日來的。不過，我們在上海，恰逢她的生日而已。因此相約會餐一次。不過，我很有一點感想，就是在二十幾年前，她出生後一個月，因為我在上海某大學教書，她睡在母親懷裏跟著來了。在我想起來，還和昨天的事一樣，可是她現在已是一個幹部，全心全意為人民服務著了。雖然是她父親的我，未嘗不感覺光榮與感奮；然而我自己在學校混了二三十年，對於人民又有什麼貢獻呢？不獨要慚愧，而且警惕自己：「來日已無多」，再不出力立功，已有「時不我與」之歎了。想到這裏，我頭上都流了汗。女兒問我：為什麼這熱？我說：「沒有什麼，沒有什麼，」看著他們年輕的男女，我不禁有些羨慕。連我女婿看見我一會兒愁一會兒笑的，他也不知道什麼緣故。本來這不是嘴裏說得清楚的。

雲師（51-03-23）

閒話《七俠五義》

在朋友家作客，主人怕我寂寞，在枕邊放下一本《七俠五義》，我見到這本書，好比一位多年沒有相會的老友，心裏煞是歡喜。此書本名《三俠五義》，俞樾極稱揚它的文筆流暢而生動。所謂「御貓」、「五鼠」，這一類故事，我在十歲前後已口熟耳詳，幾個孩子在一道，就會談到這本書的。枕上偶然翻閱幾頁，看的一段是白玉堂盜相府三寶，我現在的觀感，自然和從前是不同的。我覺得作者第一對包拯有過分的贊許，說得包拯怎樣忠君報國，作者生在那封建時代，他這意識的構成是必然的；然而包拯對百姓們的態度還有足取嗎？養這一些貓鼠的目的又何在？第二，五鼠既然講的是義，為著做奴才要博得主人的歡心，不惜自殘；這還是什麼「義」呢？第三，白玉堂那種自高自大，目空一切的態度，也不是任俠行義的人所當有。僅僅一段，我覺得可以批判的就很多；尤其是那一位三公子世榮的受難和與方老夫子的締姻，寫來毫無精彩。我起初卻很同意曲園先生的話，以為此書大可供十二三歲的小朋友閱讀，瀹發他們的文思。由今思之，這本書是不能給他們讀的，正因為書中毒素瀰漫，是無法消毒的。

（51-03-24）

遼陽之塔

　　預定上月初旬就到上海來，因為天氣寒暖不定，自己又鬧病：要動身了好幾次了，結果始終沒有能來得成。這次恰巧我的一個孩子，他為了公事要到上海，順便就招呼了我。久不出門，看滬寧這路線也就成了長迢迢的。所幸登車以後，又遇見了兩個熟人，加上了我的孩子，談談說說，倒也頗不寂寞。我們從丹陽那座塔說起，直說到蘇州的虎丘塔。大家對此一中國獨有的建築都極感興趣。我的孩子告訴我一些關外的景物，對於遼陽那塔，更說得有趣。他說：當地人都說這塔是薛仁貴跨海征東，凱旋回來建造的。還有一種傳說，在有一回狂風暴雨以後，忽然塔上飛來了一道箍；我的孩子說：也許本來有這箍的，大家都沒有注意，經過風雨把它洗出來的。當然這只是揣測之詞。我們所感興趣的，在山海關外，多是遼金時代的古塔，與滬寧路上的塔底形式也不大一樣。而江南的塔則除了從前那杭州西湖邊的雷峰塔有一段白蛇與許仙的神話外，一塔有一故事的還不多；倘若遼陽塔果真是薛禮所建，那倒屬於歷史上有紀念性的。過去曾有一本雜誌刊載過許多塔的照片，搜集得倒是相當豐富；但至今還沒有一冊塔的專籍，卻是個遺憾。

飲虹（51-03-24）

金光明佛

也許一般人認為佛教是沒有戰鬥性的一種宗教。朋友，那你的看法就錯了。不談密宗，就以顯教部分來談；第一個要稱揚的就是金光明佛，我們遇到敵國外患的時候，每高誦這是有護國精神的金光明經，作金光明道場；雖然，我對於佛學淺嚐，但我是知道佛也要人保衛祖國的。尤其是密宗傳授一些咒語，大部份是除妖斬魔的。小的么魔，有收復么魔的法術，便有巨憨惡魔，也自有掃蕩它的法力。我的佛教知識還不夠弘揚佛教，不過我在各種宗教熱烈參加遊行，高呼抗美援朝的今天，我可說一句話：就是佛教絕不後於天主教、回教和基督教的。因為有一兩位朋友看僧尼遊行，他們覺得佛教不該有如此積極精神，他們對我提出疑問；固然我不能詳盡的答覆他們。然而佛教是入世的，是積極的，是該忠誠為人民服務的。不像他們理想那樣玄虛、那樣消極；這是我還能認識，而且可以奉告的。因此在看過遊行歸來，在燈下就這樣寫了下來。

雲師（51-03-24）

江豚

俗話說「拚命吃河豚」因為拚命為著吃，覺得太犯不著了，所以我就沒有把它進過嘴。在小孩子的時候，聽說煮河豚必須要在露天，怕掉下了灰塵。後來又有人說河豚本身並沒有毒；所以有人中毒的，是洗沒有洗得乾淨。留下河豚子米，它會發脹，把人脹死，不是什麼毒。同時又有人說河豚魚如何好吃，但我從沒有想嘗試它一下。有一年，我由成都經過錦江，到了嘉定、敘府。那時還看不見新式的旅館，我只住在一家「未晚先投宿，雞鳴早看天」的店。雖然是上等鋪，每天連三餐飯共是五毛錢。每餐都有魚，那魚非常可口，彷彿像下江的鮰魚，肥而有油的。問之主人：「這是啥魚呀？」他說：「這是鮰」。因為等船，接連住了三天，大飽此味。過了十年，在抗戰期間，我移家住過江津。這地方也是有鮰的。據當地人告訴我，字是他們造的，應該說是豚，和河豚相對的，叫做江豚。我這才恍然大悟，河豚雖沒有嘗試，卻吃過江豚的。那時我曾想到東坡，他生長江豚之鄉，卻死在出產河豚之地；所以「正是河豚欲上時」，他就敏感到了。

(51-03-25)

排隊

過去我是一直自由散漫慣了的。對於購買物件，或乘車買票之類，必須排成隊列的，多是盡量避免。這一次乘坐火車到上海來，雖然購好票，但由下關入站，從進口登車也要排隊的。我硬著頭皮還是排了隊上車。其實並沒有什麼困苦。縱然藉故，也可以說我體重，久站有些腿酸這一類話；那只是一種托詞而已。但我深深的自我檢討一下，排隊雖然小事，而可以反映出我基本上一個缺點，就是沒有過組織生活的決心，由於缺乏此一決心，於是連排隊都規避了。以後要再自由散漫的下去，勢必脫離群眾。我要建立參加組織生活的決心，第一得先從排隊起。當我走進車廂時，我已有了這樣的自覺。這一次的排隊入站，不是偶然的事，我認為應該算是轉變的開端。我從前笑顏習齋常常說：「今天頭又不直了！」這樣小事說得如此慎重。現在，我是明白過來了，我這看法是不對的。越是小事越要重視。我自誓著說：「從今天起，我遇到要排隊的時候，一定排隊。」在我，這並不算是小事一椿。

飲虹（51-03-25）

二十五年前的小黑姑娘

　　我在二十歲左右才接觸到大鼓書，那一年正在上海作客，聽說大世界共和廳有一位小黑姑娘，據向我推薦的朋友說來，簡直不亞於《老殘遊記》上所說的白妞。有一天晚上，我就花了二角錢的門票，去聽她一次。僅僅這一次，我就上了癮；於是每天晚上就非聽她不可。那時候她一登場，眼光四射，座客雖不喝聲彩，可是心裏沒有一個不道一聲「好」的。自此以後，我也聽過董蓮枝、趙大玉之流的鼓書，但是無論如何我始終覺得她的勝處畢竟非各人所及；固然梨花、京韻，各有擅長；我也明知各有各的路派。我注意這一位歌者，當然也就會探詢她的身世。但知道大世界主人黃楚九對她種種壓迫，她是在這些魔掌中不能獲得自由的。可是在舊社會中一慣的惡劣作風，就是如此。我們有什麼能力可以幫助她呢？最近，她這名字又重新出現了，在南京獻藝一段時間，我曾聽了一次。在藝術上雖然不免「視前略遜」。但，她所用的氣力，比以前是多了。當然新社會非復舊社會，她現在全心全力的在曲藝上求進步，不怕誰再壓迫她了。

雲師（51-03-25）

讀帖

買舊書比選購碑帖的拓本還是容易多了，因為關於書的版本知識，究竟範圍有限，不像拓本那樣複雜，有時還遇著翻板假造。所以叫碑帖為「黑老虎」，因為它能嚇唬人。我在洛陽、西安都曾和黑老虎接觸過。願意買整理過的東西，寧可購置「裝衣裱」的一本本的帖，不願意買原拓原張。像新安張氏《千唐誌齋》那些唐人的墓誌，我也最愛看。我是相信讀帖這名詞的，一邊讀它的文字，一邊欣賞它的寫字的筆調。真正叫人拿起筆來臨摹，實在無此耐心，俗話說「字有百日功」，我只寫過〈皇象急就章〉兩通，臨摹兩通足足費了一百天，為什麼要這多時間呢？我是讀的時多，寫的時少。我不否認臨池的樂趣，但總覺得讀起來更有趣。尤其在加強工作效率的今天，每日要撥出時間來臨摹字帖就很困難，抽一點工夫讀讀帖，似乎還可以辦到。我並不勸青年朋友作此無益之事，若是對此有興趣的，在處事之暇，看看書以外，他還想讀讀帖，我也不反對。只有親自去購買碑拓版本，我總勸他們要當心，不要吃黑老虎的虧才好。

（51-03-26）

開弔

在舊社會裏常常為著無謂的慶弔花費許多有用的時間。最近有位街鄰死了妻子，這年輕的妻子跟他是在萬縣結婚的。雖不曾生什麼子女，可是她處家庭很好。她這一死，家屬辦這喪事，認為不可太簡單。他的親友因此也舉行公祭，還特地來託我作一篇駢四儷六的祭文，好在這種文體只要堆砌一些紅紅綠綠的字眼，我只打聽她娘家姓什麼，她是什麼籍貫；用了一些典故，費了個把小時，居然完篇。自然他家會再找一位朋友，讀一讀這祭文的。今天，並且假殯儀館開了弔，我也去了一趟。在普遍節省財力物力的今天，家奠開弔，不免總嫌浪費了一點。聽說第二天一早，就要移柩下葬，說不定或者還要用殯儀的。我對於婚禮的改變，覺得新社會已有顯明的進步，至喪禮，不是守舊，還照樣開弔、出殯，就是死了殮，殮了埋；當然對人民有功績，或於社會有貢獻的，有機關團體為他或她開紀念會，或追悼式。而民間可以採用的，不像開弔那麼繁複，又不太寞寂了，用一種什麼方式才好呢？我想至少要定個日子，限制時刻；不要整天的受弔才對。舊日的喪期有七七四十九天，似乎也為日太久啦。

飲虹（51-03-26）

經常的笑聲

讀楊澄先生的〈說笑〉，我極同意於「若是千金可以買到自自然然的一笑，實在也還算不怎麼貴」這句話。因為真笑的是難得。例如「冷笑」、「苦笑」之類，算不了自自然然的笑也。「淺笑」、「微笑」、「莞爾的笑」，只是一絲兒笑意；而「狂笑」、「大笑」又嫌太過了。真正的笑，恰如其分的笑，即楊澄先生所謂自自然然的笑，足見並不是「易得」的事。陶行知先生曾對我說：「我看每個人肚裏至少該有四十個笑話，每天交換說一個，這樣就可以有經常的笑聲。」又有衛生家說：「每天笑幾次，對身體是極有益處的。」笑已難得，經常的笑聲，豈不更不可得！然而，我們有為追求這經常的笑聲之必要。這樣生活才更有意義，愉快、活潑，這笑聲也是不可少的。固然在文娛活動中，多少還可尋得一些笑料；能在平常生活裏找出點趣味來，笑的機會豈不更多！陶先生往矣，他這一句話，我永遠的記著。雖然我有意保持這經常的笑聲，而朋友都說我近來漸轉向嚴肅，不如從前那樣好笑了。

雲師（51-03-26）

茶券的紙背

　　幾個月沒有乘坐滬寧車，車的設備與管理的確有了顯著的進步。第一：在每節車廂出口處添一塊預告下一站名的牌子。第二：開車前有一位報告員說明各站到達的時間；每到一站，又提醒乘客別忘了所帶的行李。第三：憑車票可以借連環圖畫、雜誌、書刊來看；這些都是以前沒有的辦法。不過，也有實行很久而為乘客疏忽了的，如「茶券」的紙背上，附有各種遊戲。這種茶券是東華廣告社承辦的，不知道這遊戲是出於廣告社還是鐵路的服務所？我這回搜集到五個不同的節目，兩個用火柴為題的：①圖以六根火柴拚成，只可移動二根，和添加一根，如何拚成二個等邊的菱形？②八根火柴拚成一正方形，不增一根，不減一根，如何拚成三個正方形？（又）圖中二獵狗，以任何方向視之都似死狗，只要加四根線，死狗就變成活狗了。

　　（又）有一製旗的人，想做四顆星互相對稱的正方旗，就利用原圖廢料剪了一刀，拚成他所需的方旗了。

　　（又）一種是切蛋糕的遊戲，可以測驗智力；不必是為的消遣，都極有興趣。車中乘客，切勿把這茶券的紙背忽略了！

　　　　　　　　　　　　　　　　　　　（51-03-27）

峨嵋新氣象

　　據新華社二十三日重慶電的報導，峨嵋山有千餘僧尼，在發表「愛國革新宣言」後，又繼以一封公開信，向全國佛教徒報告執行他們革新計畫的生產情況。峨嵋是川南的一座名山，二十年前我就去過，看那時他們有僧軍的組織，大都是少年僧人，並不如外面所想像的一群年高德劭的長老大德。現在他們更進一步的新生了，這不獨是他們的轉變，而且是佛教的一大佳訊。在那公開信中，他們說：「我們全山僧尼已經組織起來，投入生產。一個月來的成就和經驗，證明了我們是能夠自力更生的。」他們的生產事業是選擇最熟悉的制茶、紡織、農耕等部門作為開始。他們湊了一千五百萬元，開辦一個「峨嵋山佛教徒製茶生產合作社」，參加這工作的有二百三十五位僧尼；每天能生產上等茶六十多斤。紡織呢，去年四月就有一個合作社，參加的是一百一十九位僧尼，每天紡紗五十餘斤，織布十四丈。至於農耕工作參加的更多，糧食的生產也大為增加。佛教徒過去寄生的生活，由於革新運動的推進而改變了！峨嵋山的新氣象，是全國佛教徒最好的示範。

飲虹（51-03-27）

參觀太平天國展覽會記

　　二十二日早晨到跑馬廳去參觀太平天國文物展覽會，買了兩套明信片。我覺得有好些圖像沒有攝印成明信片是可惜的。如天京新氣象「娃崽館」之類。又南京下關的形成是由於天京，那一幅鉛筆畫大有翻版的價值。如李秀成召議軍事圖，又是曾經刊印過的，似乎不必收入。另外我花了二萬三千元，購北大文科研究所和北圖合編的《太平天國史料》一鉅冊。此書打算在南京買，不曾買到的第一部分太平天國官書三種：《太平天日》、《資政新編》、《和軍況實錄》，早年從逸經半月刊都讀過，正懊悔沒有保存下來，今萃為一編又經過校訂，備存手邊，大有用處；在我覺著比第二部分的「文書」有系統，更有參考的價值。第三部分是清方文書，只算是次等資料。第四部分，中外記載，其中有鋒鏑餘生的「金陵述略」，雖然只有四配支（兩頁）因為都是敘太平軍初到天京的事，尤其我們南京人對這是最珍視的。何況此本流傳到海外，國內早已失傳。不過文中每節都有按語，不知是不是那作跋者申江寓客所加？編者未曾說明，差引為憾。因為在南京不日就要展列，趁上海沒有結束時特趕來看一看，藉資比證。蠟像那五抬都還精彩；尤其天王塑像放在那張原是本人坐過的椅子，這是頂有興趣的事。在會場不過個把小時，但我覺參觀的已夠詳細了。

雲師（51-03-27）

三顆印

我們過去多多少少是有些「玩物喪志」的癖嗜，儘管我並不愛搞古董，遇著老壽山或田黃石章，不免要選購幾塊。舊字畫之類，除了我所愛好的那幾家，我是不大肯出手的。所以比較起來石章不算少的。其中有三方很值得紀念的，一是塊漢玉的，上刻有「盧郎」朱文兩字，老友任梅華在長沙買來的；他要送給一個姓盧的，因此帶到重慶，輾轉託人贈給我，那時我們兩人還不相識，他附有一首「玉印歌」長詩。據他的鑒別，此係唐人所刻；「郎」字也許指郎官而言。不過摸著鬍子，自己不大好意思接受這個「郎」字。此印庋藏已久，卻不常用。二是塊琥珀，比玉印更小，乃魏建功兄在昆明，刻上我名字，帶回送我，我取其輕便，不離身者近十年。三是塊桃核的，是刻的一句唐詩，算是個閒章。我費了不少事，用色線搓成細索，將這三方印穿串起來：誰要我簽字蓋章時，從荷包立時掏出來就可蓋上。從未遺失過，也不須尋找，因為這三方印沒有離開我的荷包。不知道什麼原因，早兩天就丟掉了。雖然我明知這些玩意兒遺失並無什麼可惜，但總不免有些怏怏！今天清理書案，掃除書室，在牆角上竟發現了它們。馬上還放在荷包裏，畢竟不能割愛，我自己真有些好笑。

（51-03-28）

「大」的故事

　　「世界上什麼東西最大呢？」朋友，這是一個最有興味的問題，但卻不容易得到一個正確的答覆。我只能說兩個故事，並不能另作什麼答案。第一可以說的是一個謎，有人問一位好打謎的朋友：「頭頂天，腳處地，塞得乾坤不透氣。這是一件甚麼東西？」這朋友滑稽的說：「請你先猜我的：頭頂西，腳處東，塞得乾坤不透風。那是一件甚麼東西？」說謎的搖搖頭，說：「我不曉得！」這朋友呵呵大笑起來：「我就是把你所說的橫放倒了。」那說謎的也並沒有指明固定的一件東西；只是大大的一件東西而已，因此把它臥倒，他也不能猜破。的確，「大的，大的，究竟怎樣才算大？」沈存中就曾記載過，趙匡胤碰到趙普，他問趙普：「天下何物最大？」趙普苦思至再，不能回覆。他又問，趙普仍在想，等到第三次問時，趙普答道：「道理最大！」趙匡胤非常佩服他這句話。如果用現在的話來說：「道理」應該改作「真理」。為一切原則所依據的真理，它該是世界上最大的東西。我姑且這樣照趙普所說的假設的這樣說下來，希望朋友們對於這句話，再更完密的修訂它。

飲虹（51-03-28）

楊花蘿蔔

　　南京大蘿蔔似乎很出名。我不知道這句話是怎樣產生的？據我所瞭解，南京的蘿蔔不但不特別好，而且也不算大。我們在西南幾省尤其四川流寓的時候，認為那裏的蘿蔔比南京的好，比南京的大。何以見得好？當然是因為它的漿水足。不像南京的蘿蔔，有時會空心的。可是這兩天，南京的楊花蘿蔔上市了，我認為這楊花蘿蔔確是一種極好的蔬果；在別的地方倒不多見。楊花蘿蔔所以得名？我不曾考究過。不知道是不是因它的多產在楊花飛時？它小而圓，一顆顆很有些像櫻桃，當然它比櫻桃要大一點。拌著吃，或煮著吃均可，講究一些的是用江瑤柱來燒。我去年在北京，在一個南京人家裏吃了一頓飯，他用一個大點的蘿蔔，仿楊花蘿蔔的式樣大小，做了不少，以肉燒之。當然，這不過屠門大嚼，聊以快意；並不能像真的楊花蘿蔔的嫩美可口。我常說，要是說一句正確的話，應該改南京大蘿蔔為南京蘿蔔才好。

雲師（51-03-29）

過安亭

　　在昆山附近，有一個火車站叫做安亭的，在這裏曾留下一個悲痛的印象。最近我又打這兒過，我指點給同車我的一個孩子看。說起這件事來，那時他還沒有出世咧。我說：這是二十七年前的事，有一天晚上，接到青浦的電報，知道你祖父突然逝世在旅店裏。祖母和我便趕來了。那時還沒有青浦到上海的長途汽車，只有在安亭下火車轉乘小火輪。在旅店中草草為祖父盛殮，耽擱了一天，又坐小火輪，是一個絕早抵達到這裏。輪船靠那水灣灣，祖母滿臉的淚；我們就在這車站旁邊等候回寧的慢車，那時我的年紀同你今天相彷彿，一個十口之家的重擔，我毫不畏懼的從此在肩上就挑起來了。現在想起來，那時還有這一股勇氣咧。」孩子說：「父親現在還不算老，還是有這種勇氣的。」他也帶著鼓勵的口吻對我說。我接著道：「祖母又逝世幾年了。當時幫我奔喪青浦的人，已沒有幾個人還存在；我每次過安亭都不免要感喟的。」我這段話才談完，車去昆山已很遠。望孩子愉快的臉色，立即消逝了我心上懷舊之情。

　　　　　　　　　　　　　　　　　　　　（51-03-29）

大風琴與太平軍

在我們小時候，正流行著手風琴和鋼琴式的一種大風琴。記憶中彷彿從日本輸入的，其實是錯了。那是在太平天國時代就有了的，我不知道太平軍中有沒有像今天的文藝工作隊的組織？根據莫仕暌致英翻譯官照會一件看來，好像軍中就需要這大風琴。那照會云：「忠誠伍天將莫照會翻譯官福兄台閣下，茲奉干王面諭云稱兄處有大風琴一個，未知好醜？以及價銀若干？今特著隊內福天燕陳萬順弟前來，祈望兄台勞心，即將大風琴與陳弟看視，如果合式，並祈與伊言明價銀若干？俾好稟報干王定奪可也。」莫仕暌用的全銜是「開朝王宗殿前忠誠伍天將，任番鎮統管。」這封信在不列顛博物院東方部收藏，編號四〇四七，友人向覺明從英國抄回來的。這裏有兩點值得注意：①大風琴是從英國輸入的。②要這位陳萬順去看合式不合式，是為的太平軍要用之樂器，不是文娛，便為祈禱會用的。

飲虹（51-03-29）

敘舊

古人稱三十年為一「世」，我與鄂呂弓是中學時代同班的老同學，恰巧三十年沒有見面了。在我眼中他還是那麼年輕、活潑、漂亮。三十年中，我們不是沒有會晤的機會，然而彼此常常相左，想不到這一回沒有事前約好，反而獲得兩小時以上的快談。雖然，他也是五十歲的人，兩個人相見，都覺得有恢復童年的樂趣。他一見面就說：這一部二十四史我們從何說起呢？打算不說往事，但不由地一開口便牽涉到敘舊方面了。一個個的老友名字提到，多半是死亡了。我立即聯想起杜少〈陵贈衛八處士〉的詩來，怕杜衛的睽違還沒有我們這麼久！因為杜詩「昔別君未婚，兒女忽成行。」只不過兒女忽成行，而我們的，已是兒女都有兒女。所幸老友尚無「老之將至」的感覺。他在這次宗教界遊行中，還幫著同學們吹軍號，領導著呼口號；他依舊那麼活潑可愛。相形之下，我不能如他那般健康，由於見這一面，大有鼓起我的勇氣之力量。在三十年前，他愛好體育，又會演劇，本來就是多才藝的人，如今在此人民世紀，更能發揮他的特長為人民服務，我雖自愧不及，然而一度的敘舊，轉使我增添新生的活力。願我老友永遠這樣年輕下去！

雲師（51-03-30）

吹鼓手的今昔

十山翁在《亦報》上談起過去的文人就等於吹鼓手，這句話實獲我心的。所以我曾以「吹鼓手」自署；我也知道吹鼓手不是不能做的，要做人民大眾的吹鼓手，不要做少數人的吹鼓手；要吹鼓著「幫忙」，不要吹鼓著幫閒。早十年前，有人說宋玉是幫閒文人，是封建時代的寵臣，我還不肯相信；在今天看來，這看法是對的。十山翁說他那位在大學教書的高足在講，必須自己要勞動，然後他的話才能有根。我乍看似乎也有些模糊，可是越想越有道理。我在元旦作的一首詞云「服務人民筆一枝」，這一枝筆是在我手中，我究竟怎樣才能為人民服務呢？我實在有些茫然。多謝十山翁給我的啟示，我必須要端正我的生活，仍然要由自己的行動中尋得有根的話語來。這樣才可以為人民大眾做一個幫忙的吹鼓手。我一邊吹著，一邊還得參加他們的勞動；記得去年與十山翁見了一面，他說：「我們最好做半日工，再寫作半日。」當時我沒有重視這句話，由今思之，做半日工正是為那半日寫作打基礎。

（51-03-30）

送瑛赴朝鮮序

　　侄女瑛，她是一個正式的看護士。最近下了決心到朝鮮去，負起保家衛國的任務，全心全意為戰士們服務。她是自小在上海長大的，不免有點嬌生慣養；平日弟兄姐妹都稱她為上海小姐。我很耽心，怕她吃不來那樣的苦。不過她是下了決心的，一切都不在意。早兩天在上海，我還打算約她談一談，沒有想到我剛回南京，就接我次女的信說：瑛昨天已啟程了。年近七十的祖母，還有姑姑，連我次女，都一齊歡送她到北站。她參加這衛生工作隊，一行列共三十人，各方熱烈的歡送，又不獨瑛一人為然。我這兩天正在病中，聞知此訊。極為興奮，因為像瑛這樣的女孩子，都鼓起了勇氣，有鋼鐵般的意志，一往直前，義無反顧。我們這下一代的確堅強起來的了。不像我們在二十來歲那樣不中用。我佩服她們，羨慕她們；雖沒有得到痛快暢談的機會，倚枕執筆寫下我這點意見，就作為送行的序文罷。瑛，我祝妳們此行，一定滿足志願，完成任務。當妳過鴨綠江，踏登彼岸時，為我們寄意人民志願軍各位，祝他們康樂強健。

飲虹（51-03-30）

民間藝人袁缺唇

　　我要介紹一位造像家袁缺唇。他是興化人，家住在揚州轅門橋；他開了一爿造像店，專用泥土捏塑人像，造個闔家歡也好，只要經他的手，無不惟妙惟肖，大家叫他袁缺嘴兒，大概總死了三四十年了吧？他的生意並不好，晚年尤其窮愁潦倒的，為什麼這樣呢？因為他這脾氣太壞，第一，他說了價目，誰也不能還價。第二，約好日期錢貨兩交；你不去拿，他便用枷鎖加在你的泥像上。

　　當地人說他父親是個燒窯的，原住興化北門外。在他很小的時候，有一天，和嫂嫂對坐，他忽然用泥就塑造一個他嫂嫂的像，居然逼真；大家說：「你不必造磚瓦了，不如率性學造像罷。」他這樣無師自通的，就暗中摸索的自學；果然學成一套本領。不過揚州不比無錫有惠山，少朋友觀摩之效；又那時的畫家跟捏像人在階級上是懸殊的，不能給他們有溝通協助的機會。使我們這位民間藝人袁缺唇的藝術上成就，不能百尺竿頭，更進一步！

雲師

墨蹟

　　我在〈讀帖〉一文中曾提到黑老虎。有這種碑帖癖好的往往以為黑底白字才可寶貴，對於白底黑字，他們非常忽略。我這裏要講所謂墨蹟的真偽，這辨識也不是一樁容易的事。沈括的《補夢溪筆談》上曾說李世衡藏有晉人墨蹟一件，（不知是不是王羲之的手筆？）放在他兒子緒處。有一位長安石從事從李緒處借去，偷偷的摹臨了一本，送給司馬光，這一天司馬光大會賓客，取出書畫若干件，有這摹本在內，李世衡也在座，一見此帖，大為驚詫，道：「此是吾家物，何忽至此？」急令人回去驗視，知道司馬公這一本是摹出來的。而且是石君所傳。他對司馬光說了。誰知那些門客堅決的說：「你那本才是摹本，我們相公的是真跡！」弄得李世衡百口莫辯。只好歎道：「彼眾我寡，豈復可伸，今日方知身孤寒。」本來真跡不真跡該是可以判明的；而在那樣的社會裏，卻不問真偽，只問是誰收藏的！惟有人民的文化遺產，人民自己愛護它，歸諸公有的博物院等，這才不會隨意去造假的摹本。

（51-03-31）

暴風驟雨

　　周立波著的《暴風驟雨》，是三年以前哈爾濱道裏地段街東北書店印行的一種長篇小說。分上下二卷，我的兒子送來了上卷的一鉅冊，據作者說：「上卷內容是去年七月東北局動員一萬二千幹部組織工作隊，下鄉開闢群眾工作的情形。東北農村封建勢力的最初垮台，和農民中間的新的人物最初出現的複雜曲折的過程，就是本書的主題。」初版就是一萬冊。相傳這是準備給與毛澤東獎金的一部成功的作品。題名的來源是從毛主席《湖南農民運動考察報告》中來的：「很短的時間內，將有幾萬萬農民從中國中部、南部及北部各省起來，其勢如暴風驟雨，迅猛異常，無論大的力量壓抑不住。」它掌握了這偉大無比的時代的題材，不獨是具有文獻性，而且正值南方開展土改工作的時候，它給予我們以很多的啟示。兒子要我耐心的看一遍，我特地作這一提要，告知讀友們這是一部怎樣的書。我將另寫我的「讀後感」。

　　　　　　　　　　　　　　　　飲虹（50-03-31）

什麼葫蘆結什麼瓢

我有兩個小侄兒一般的身長，一般的年歲，可是兩個完全不同的性格。他們都是五整歲了，那個叫小昭的跟他爸爸在游擊區長大的，從小接近是手榴彈、槍、炮，他看到飛機毫不變色，用小指頭指來指去的，仰著頭叫：「訇——砰！」他一嘴「解放軍的話」，這名詞也是他爸爸說出來的。他對任何人沒有畏懼、羞怯，也沒有那一套虛禮。他對城市的一切都不懂、也不感覺興趣；另外一個叫做毛團兒的，跟小昭一般大小，但他跟他父親是在城市裏長大的，父親教他認識了三千來字，他也看小朋友和連環圖畫這種書籍，好幾十本。他的食量不如昭，也不像昭那樣生龍活虎似的跳或叫。他的膽小，聽見飛機聲就要躲。他的生活圈子小，只有祖母、父、母和幾個親戚。他會寫會唱，尤其愛唱那隻「什麼葫蘆結什麼瓢」的歌。我想：他們這一對在不同環境中生長的孩子，也正是一個對照。我愛毛團兒，我也愛小昭，像小昭這樣的童年，我們是沒有度過的。

雲師

字簏

　　從前有人替一位老先生起個綽號，叫做「有腳書櫥」；意思是他這人好比裝書的櫥一樣。不過多了兩只能於走動的腳。在起初我們總認為是一句恭維的話，多少有點讚美的意思，現在我越想越不是的了！書裝在書櫥裏，盡管一堆堆的，書還是書；這櫥給他放著，櫥與書好似並沒有什麼關係。拿舊日的老話「食古不化」來講。根本連「食」都「不食」，自然談不上化不化了！請問書櫥有腳無腳，又值得什麼重視呢？我偶然翻閱一兩年來自己所寫的一些小品文字，我有一種感覺，這好比是紙簏。紙簏就是平常叫做字紙簍的，廢棄的字紙條兒，還有陳舊的殘破的書頁兒，裝得滿滿的一簍。雖然零星的一張張的，多半是自己看過而且也有發生過興趣的；究竟對人們有些什麼用處呢？說一句老實話，只等是縮型的書櫥而已。書櫥字簏，並不是不可以存在的；但是到處放著它們，似乎又無此必要。我正準備清除一下，我不是敬惜字紙者，我只看它是什麼用處？

（51-04-01）

體罰

　　七歲的小泉哭著由學校回來，對媽媽說：他要請學校給他調班，因為他這班上的教師是用敵對的眼光對付他。黑板上的字他沒看得清楚，請教老師時，老師狠聲惡氣的回答他「為什麼別人看見，你獨獨看不見？」罵得小泉不敢作聲。還有一回，老師生起氣來，竟給他兩個耳光。有幾個歲數大點的學生為小泉抗議，這位老師威逼著小泉說，老師是重重的在他臉上指的。用輕描淡寫的方法，將一個指字替代了打字，想藉此掩飾過去；但同校有幾位教師，對她這舉動很不滿。本來可以幫助她在管教方法上求改進，不過這位老師的修養是不夠的，誰幫助她誰就是她所嫉視的。她自己也許不是正式受的師範教育，她忘記了體罰已是取消多年了，她對付孩子，完全還是那一套，所謂那一套的存在，還是她本身出世以前的事，至少她也該有二十幾歲了。小泉的媽媽向學校當局提了意見，學校同人也都願意幫助這位老師進行檢討，使她獲得進步，在解放後的今天，不該再有體罰，和嚇唬小學生的事了。

飲虹（51-04-01）

文廷式談文字改革

文廷式的遺稿沒有印行的很多，易培基當日就搜集的有二十幾種；聽說散佚的還不止此。我看見過一種叫《羅霄醉語》，其中有論中國文字改革的，現在看來是不夠進步的，然而那時是光緒三十二年，公元一八九四，他能注意到這問題，已算不錯了。他對李提摩太講：你們看中國文字繁，我說不繁。拿拼音來說，你們可以拼出幾萬音來，而中國字的音只有幾千。你們字典上的字差不多十萬字，常用的字差不多近萬；而中國字除了別體、訛體，也不過萬把字，常用的字約四千字。而且幾千個字音分四聲的，平日口說還沒有這複雜。各國的語言凡襯字糾音都要作符號，我們只用幾個少數虛字就能表示出來。那些學童讀了七八年，還有文理不通的，是求工求雅的毛病，不能都責之文字的。只要不學古代的文法筆調，雖然天分不好的人。經過三年的學習是可以拿起筆來寫的了。我們是一字一音，不像日本和朝鮮必兼用起語收聲，然後才教人懂。文氏對文字改革的見解，認為只能多「今言」，就可普及的了。

雲師

214

續清代學者像傳

　　讀友陸簡志先生由報社轉來一函，說他夙好蒐集清賢圖像，擬繼番象葉氏《清代學者像傳》之後，輯為續集；歷年所得，已有二百多家。對於南京籍所闕尚有鄭谷口，倪闇公，秦潤泉，嚴冬友，管異之，小異父子，梅伯言，汪梅村，金亞匏，宗湘文，許梅秋，鄧嶰筠，朱述之，黃九煙，張大風，陳可園，端木子疇諸家。其中汪梅村、陳可園兩家的畫像我都有。鄧嶰筠的影像不知道萬竹園鄧家還有保存沒有？端木子疇的像，我想也只有他家覓影像之一法。汪翁的像，是他八十三年那年，句容尚兆山畫的；可園先生除畫像，還有照相片好幾張。其餘諸家我當為朱先生效力，分向他們的戚友的後人去探訪。在這名單以外是否可以補充？（如津逮樓主人甘建侯的像，我倒摹過一份的。）我在梅氏家譜上，並未看到伯言的像，極為失望。

　　（承陸先生指正梅氏卒年咸豐六年丙戌，戌字係辰字之筆誤，特致謝並更正。）葉氏那像早已行世，我們總覺得缺漏太多，陸先生此次續輯，我想，對此有興趣的同志該盡量幫忙他，能使滄海無遺珠之憾；這豈不是對文化界的一個貢獻嗎？

飲虹（51-04-02）

曉晨擠舟圖記

　　李明甫君請我為他的收藏掌眼，其中有一卷宋人院本畫，畫的是曉晨擠舟圖，絹本，這圖有兩尺左右。圖的右角有集賢院印。似乎是摹的，雖然絹色也不夠舊；是不是宋畫？我未便貿然斷定。然而這畫的題材是值得歡賞的！畫面是江岸，沿江也有幾座樓房。岸邊有七八十只船，每船少的一人，多的有三四人，水上和岸邊不下二百餘人。每人又都是在勞動：撐竿的撐竿，搖櫓的搖櫓，扛的扛，挑的挑；各個面目不盡相同，而神情與姿態均極生動。又妙在襯托出那擠字，又顯示是曉晨，一片欣欣光明之象。如果我們在古畫中選擇為勞動者寫生的話，恐怕能像此圖的已就不多了。

　　辨別真偽是一事，欣賞又是一事。我愛這曉晨擠舟圖，為的是題材，愧無韓蘇之筆，為此作記；但即令韓蘇作畫記，卻未必能和我對此畫愛賞的著眼點相同耳。

雲師

216

馬在西北

讀勤孟那篇〈為馬請命〉文字,使我想起在西北看到的馬底勞動的偉大表現。以前我總覺得牛馬並稱,有些不倫,牛是能幫助耕種的,而馬似乎完全代步的。等我親眼看到馬也做牛同樣的工作,然後才相信牛馬畢竟有相等的能力。也許馬在行走方面比牛來得迅速,牛在助耕方面又比馬能吃重、耐久。我對騎術是不算內行的,尤其看到像焉耆那種駿馬,跨上馬背已非由人幫助不可;所幸那裏馬頸上有類似叉架的設置,騎上去以後,兩手左右扶持著,也曾走過幾十里山路。彷彿別的地方沒有看過,這叉架在馬頸上,大約尚不像口腔裏銜鐵棒這樣痛苦。就是迪化市上常見的四根棍子(?)也比別處的馬車來得簡化。拉的坐的同樣比較方便。說起運輸來,用駱駝比馬又普遍了。因為在沙漠上行走,駱駝似乎過於馬;駱駝自己可以帶著水,而馬的飲料是有問題的。不談各地人民生活的差異,就是動物也不盡同,我們拿東南地區的馬的尺度去測馬在西北的情況,也許要驚詫那裏馬的能力是要強得多了。

雲師(51-03-28)

開明二酒友

　　沈君仲約排闥而入，對我說：「你知道洗人過世了嗎？」我嚇了一跳！他是常往來寧滬的人，也許這消息是可靠的。我與范洗人先生也好幾個月沒有見面了。我們的認識是在開明書店，在上海的時候，我在暨南大學教書，無事跟他和夏丏尊翁差不多天天相見，書店一下班，就上馬上侯酒家了。兩位的酒量並不比我宏，但他們飲酒的品都很高，那種一尊相對，不疾不徐的淺斟低酌的光景，至今我尚不能忘。

　　丏尊翁在抗日期間留在上海，聽說給日寇關過多少時候。戰後重逢，他已是衰病了，在杏花樓酒家吃過一次飯，沒有多久，他就作古了。洗人擔任開明書店總經理是從桂林起，在桂林我們聚飲過兩天，後來總店遷重慶，我在店中也擔任個董事，所以常見面，見到必要喝酒，我覺得他越老越健了。去年，在上海，我們也常聚談，他還說，因我的戒酒，使人的豪情銳減。但是他們勸我開戒時，我始終不肯舉杯。我說：「患這樣高血壓症，再喝酒就要追陪丏尊翁去了。」因此，連飯也不大在一道吃了。今天聽見這消息，我極為惘悵，古人是過黃壚而腹痛，從此開明便成了我的黃公壚，我悼念這二酒友，不獨為的酒友，他們都是為出版界盡過心力的人咧。

（51-04-04）

半山寺之春

　　華弟在華東軍政大學工作，邀我在他的寓所去逛兩天，因為入春以來，我一直鬧咳嗽傷風，氣候寒暖不一，我就不敢出門。因為他談起半山寺，引起我的「夢憶」來。這該有四十年了，那時我壓根兒就沒有出過我所居址里巷的十里以外。可是在有一年春天，我去遊過半山寺。為什麼叫半山寺？就是到鍾山去的一半路，這寺該是定林寺的後身吧？在寺門口有棵大樹，我只知道是棵大樹，什麼樹就不曉得了。向左首走沒有幾步，就是謝公墩。王安石因為與謝安石這「安石」兩字一樣，他說：「我名公字偶相同」，這墩應該屬於他；所謂爭墩的故事，我那時候聽到很發生趣味。在墩上坐了一會兒，就走進寺裏。有一位老漁翁在那兒曬綱，那破殿上東倒西歪的幾個牌位，當時並沒有注意。寺後就是王安石的墓，這在二十年以後我才知道。我站在寺門很久，仍然經過明故宮，入朝陽門而回。彷彿明故宮和皇城還沒有成一片荒蕪咧。在抗日勝利以後，我回南京，也去過兩次；不過印象之深還不如兒時初遊那麼深刻。半山寺又是春天來了，我的身體也一天天的健壯了。打算那一天應華弟之約，再去逛一回。

　　　　　　　　　　　　　　　　飲虹（51-04-04）

名物的翻譯

　　有好幾位從事翻譯工作的朋友在一道兒聊天，有一位說起《圖書集成》經譯成英文後，變成了百科全書。我記得好多年前看過英國介爾斯的《聊齋志異》，那第一條考城隍，其中提到關聖帝君，他就直接譯成「戰爭的神」，這也是可笑的。大家的意見，特殊名詞的翻譯是相當困難的，無怪嚴幾道先生說：「一名之立，旬日蜘躕。」梁任公先生也說：「翻譯之事，遣辭既不易，定名尤最難。」由於各民族的歷史不同，名物的來歷有別；譬如照字面我們應該譯為繪畫室的，其實是會客室。還有我有他無，或他有我無的，像「文王卦」、「天罡星」、「清一色」這些，又怎樣翻譯呢？就算照字面譯叫那些外國讀者不懂我們一套的，又如何能懂呢？從前唐代譯佛經玄奘有「五不翻」，這不翻的方法也正確的。任公先生當日也贊成人名地名用音譯，官制等有義可譯則譯義，義不可譯者乃譯音。科學名物又以造新字為第一義，這當然採納高鳳謙、容挺公等的意見。容挺公擬有譯例二十條，從今天看來，他這些主張有的不免陳舊了。我相信：創作固難翻譯亦不易。

（51-04-05）

難夫難婦

中國有「元方難為兄，季方難為弟」的說法。現在朝鮮發現了「難夫難婦」，這一對神槍手也畢竟是少見的英雄夫婦，他們是生長在朝鮮江原道平康縣梨木村，出身是貧農，夫名李洙一，妻名李秀德，在北朝鮮解放時，他倆分得五千多坪地，勤奮的工作，使得度和平愉快的日子。這種生活在一九五〇年六月，被美帝破壞了！李洙一李秀德馬上拿起武器，發動農民共同組織好游擊隊。到了十月下旬，聽說李承晚匪軍卡車隊到了梨木村，他們迅速埋伏公路兩旁，一陣手榴彈就毀了全部六輛卡車，李秀德的一顆子彈當場射死那運輸隊長。旗開得勝，這第一回殲滅了敵人七十七名。十月二十九日美李匪軍在平康佈置刑場，要殺柳文浩等八位愛國者，他倆又率隊去搶救。在中朝人民軍隊解放平康戰鬥中，他倆又建功不少；現在李洙一是連長，李秀德是排長，都已正式參加了人民軍隊。他倆夫婦英勇事蹟早已傳遍了朝鮮各地。我套「洙一難為夫，秀德難為婦」的老話，稱他倆為難夫難婦。

飲虹（51-04-05）

記陳家麟（上）

陳紱卿（家麟）怕已過世了吧？我跟他二十年不見了。我們同在一道兒，有三年。

（自二十一年至二十三四年），那時他已快六十歲了，跟邵次公（瑞彭）住在開封小財神廟街離著大學只隔一層橋。次公是下午四點鐘才起來的人，夜裏老躺在煙鋪上。紱卿生活習慣跟他很不得來。他是一張扁臉，濃濃兩撇八字鬚，一嘴天津衛的話；有人說他是天津衛的人，有的說他在那兒任外交特派員很久。些須有點不大討人喜的官僚習氣，不愛說話，鼻腔不時哼兩聲。那時他教「英國文學」，下了課就到我房裏來。有一天，他忽然對我說「閒得怪悶氣的！盧先生，咱們譯它兩種書吧！我不是跟琴南先生譯過好幾種小說嗎？」我說：「可以可以。我的文筆可不能如林畏盧啊。」紱卿說：「譯書就要快，我看你下筆很快的。」過兩天，他果然選了一種劇本來，我說：「譯戲與小說不同，這得用口語才好。」紱卿認為需要文雅一點，在很勉強的局面下，我們居然也譯了七八十頁。因為我多少也認識點英文，有時對他的口譯不同意，因而爭執，他說：「琴南先生從來不管這些的，片言隻字，何必推敲。他只要得大意，立即奮筆直書，此是譯書最快的方法。」

（51-04-07）

記陳家麟（下）

　　這裏我不插談翻譯理論，像唐代玄奘譯佛經，一直到林琴南譯小說，他們這種口傳筆授的方法，當時自有它的好處，紉卿先生與琴南合作這麼多年，他的方法始終不修正，所以被我這樣後輩所拒絕了。始則一天七八頁，繼則減至三四頁，最後譯了兩頁便行休息。那劇一本並未譯成。他勸我自行翻譯，邊譯邊找字典，他再給我校閱；這件工作就是這樣下台了。

　　那一年，我在河南大學開「中國戲劇史」，他說：「我用英文寫過一小冊子，不知道在英國絕板沒有？我叫他們寄一冊來，請你指教。」但一直不曾寄來，也一直不曾給我拜讀。冬天，學生們組織了京劇社，居然請他做顧問，他來告訴我：「現在有事幹了，除教書還可過戲癮。」在我，這是創見，也不知道陳紉卿先生有這一手，不獨能唱，而且能做，那張無表情的臉居然滿臉的戲。第一次彩排是「硃砂痣」，聽去大有孫菊仙意味。紮扮起來，誰也不知道他是一位英國文學的教授，台步之穩，身段之美，尤出全校師生的意外，雖然已隔了二十年，我由今思之，還像昨天的事一樣。次公已死了十五六年，以紉卿的身體，也許還健在，不過多年不聞動定了，不知他存在這世界不存在？開封一別，我就不知他到那兒去了？

（51-04-08）

關於武訓（上）

　　武訓興學的故事，已搬上了影幕，由趙丹主演。這幾天我到處注意有關武訓的史料，想幫助大家對武訓的認識。我曾翻過光緒壬辰補刊的《堂邑縣誌》，指望能覓得一點資料，想不到它根據康熙時所修的原本，並無增益。無意中卻發現一本《興學創聞》，這是當時呈山東巡撫張曜的節略底稿。那時吾鄉魏梅村先生任東昌府知府，堂邑是東昌轄縣，大約士紳們請知府列名詳巡撫的。此底稿本應是魏氏舊藏，除畫像外，並有《乞人武訓興學俗話傳》，有光緒三十一年冬歷城江鍾秀序，像上有贊道：「武訓，武訓，中國光棍。無家又無業，立了三處學堂，教訓了多少人；成就了多少人。本身積了一萬七千餘串。卻自己不肯妄花一文！武訓，武訓，孔孟以後，未至前聞。」這是五十年前一段好白話文章。《俗話傳》是寫本，也許並沒有刻過，梁任公、張默生幾位寫武訓傳的人，不知道見到過沒有？這一本總題名的《興學創聞》，也不知出於何人之手？而在凡例中，倒還提到編者的計畫。

（51-04-09）

關於武訓（中）

　　《興學創聞》中對於武訓的一生，擬下了編製的計畫，在書前畫十八張圖：1.武訓遺像，2.街市討飯圖，3.遇叟詢學圖，4.謁聖自誓圖，5.賣柴易錢圖，6.紡麻為繩圖，7.推磨磨麵圖，8.積錢生息圖，9.柳林立學圖，10.館陶立學圖，11.鴉莊立學圖，12.跪求管理圖，13.詭乞善誘圖，14.詭乞勤學圖，15.送葬盈途圖，16.官紳謁像圖，17.恩荷旌表圖，18.祀忠義祠圖。並且說：「繪圖用東洋油筆畫法描寫盡致，刷印精工，禮飭各府州縣備價來購，廣行印散，庶足動人觀感。」他們那時不會知道五十年後的今天，有更完美的連環圖畫，幾十萬冊的鉅量發行，不止那「三州縣」人才供奉它哩。他們又那裏會知道有這麼好的影片呢？話雖如此說，那〈俗話傳〉卻是上好的作品。從前陶行知先生就和我談過武訓，他若今日還在，見到〈俗話傳〉，他一定拍案叫絕！因為這文章雖是五十年前所作，時代背景和現在不同，但一種樸質的氣息（也可說是鄉土氣息），在今人筆下是不可多得的。說得又親切，又淳厚，這道道地地的俗話文學，用來寫武訓，這是多麼恰當！

（51-04-10）

關於武訓（下）

　　這裏，抄錄〈俗話傳〉的一段文字為例：「山莫有高起泰山的，水莫有大起東海的，人莫有趕上孔聖人的；這山海靈秀所孕育的，四千年來，不能僅有孔聖人！誰知到第一個興辦學堂光復老聖人爺大道的，就在這個武訓討飯吃的一個人呢。當那時候，朝廷還沒有變法自強；他就早早下手興辦開學，這人是個瘋子嗎？是個傻子嗎？是個不知錢財中用的嗎？咳呀，這人不是個討飯吃的，乃是討命來的，一為討命必得討飯，要知道這人不是為自己討飯，乃是為眾人討飯，不為三州縣人討飯，乃是為全省人討飯，不是為全省討飯，乃是為全國人討飯。我中國二十三行省，億萬萬生民，都如武訓這人一樣，就不愁沒有飯吃了。吾今日敢持是以為山東年老的年輕的勸，並敢持是以為天下年老的勸。」這多多少少有一點兒八股文腔兒的。

　　又：武訓本來是沒有名字的，據〈俗話傳〉說，在他死後，三州縣人對他遺像禮拜，前臨清直隸州莊洪烈代他取了這個名字，認為像他這樣的行誼，才可以為「訓」，他的存心更可以為訓。莊洪烈說：「有些人藉著學堂名目，斂錢肥已，教人痛恨！因為那班人使學堂遲遲不能多設，橫生多少阻力！」足見武訓同時的人，已有和他行事恰恰相反的，所以莊氏使用「訓」字來作為武的名字！

（51-04-11）

張王的兩說

在農曆的二月初，往往多的是風雨交加的天氣，困此南京農諺有曰：「二月八，張王老爺吃凍食。請客風，送客雨」這一位張王老爺是誰呢？我的一位朋友胡君說：「這諺語不止南京有。我居留蘇州很久，知道蘇州也有此語。我曾去看過張王的像，原來是張巡。祭祀不用豬肉，怕原來是紀念吃人肉的，後來才改用狗肉。」胡君所說，當係根據傳說。南京的張王廟在中華門外，而掃葉樓另有張巡的祠祀，據「初山事要」：張王是漢代的張渤，並非唐代的張巡。渤為前漢烏程橫山人，封號是祠山大帝。

（編者按：在常州就不曰張王爺而曰張大帝，當以張渤為是。）他的誕辰是二月初八日，有風山女，雪山女，每年這時歸寧祝嘏，所以天必轉寒，有風雨。還有一說，渤率陰兵浚河，有化身豕形的事，被他夫人李氏看到，這工程就停止了。這只是神話傳說，也不足信。至於胡君所說，他也認為二月八日是張巡的生日，可是沒有文字上記載過。一定用狗肉代豬肉，還說是代人肉的，這不免有些附會。說張巡是睢陽王，似乎也沒有什麼依據。對於張王的兩說，張渤比張巡好像說得圓一點。為什麼每年這幾天要有風雨，要轉寒冷，在氣象學家應該是有正確的解釋的。

飲虹（51-04-12）

227

杭辛齋的易藏

在袁世凱的小站練兵之時，杭辛齋曾被邀入幕。袁的作風向來跋扈，有一天，辛齋跟他說一句戲言，道：「慰庭，我看你將來一定要作皇帝的。」袁說：「我要作皇帝，第一個就殺你。」當然這只是戲言，那裏知道後來袁世凱真的弄這一套把戲了，洪憲稱帝的決定才宣佈，辛齋便匆匆離京，要想南遁，結果在三元店他就被捕了，拿他械送軍警執法處，送他進羈押所，大家都望他笑。他問大家「有什麼好笑？一個囚犯指另一位對他道：「他早算定你今天來，果然今天來了！你看牆腳上那行小字。」他在牆角上果然發現這樣一行字：「杭辛齋於某月某日被捕三元店，某日入獄。」那一位對他說：「我該某日死，還可活一個月，並且註定我傳易學給你。」杭辛齋於是從此以治易著。上項傳說，自然並不可靠，但即使不是捏造，這種占卜的易，也沒有什麼道理，與「易」的本身完全是兩回事。這和那一些搞命相的掛哲學招牌一樣，跟「哲學」何嘗有什麼關連呢？杭辛齋所著《學易筆談》三集，它的價值如何？另有論定。不過他搜集易書幾百種，打算仿道藏佛藏之例成一「易藏」，這倒不是無意義的計畫。

飲虹（51-04-15）

228

改造博士（冀野遺作）

　　好些年以前，《申報》曾刊過一種連載漫畫，叫做「改造博士」，當時曾引起讀者的甚大底興趣。它用誇張的方法，把這件物事改造成那件物事；無用的變有用的，渺小的變偉大的，的確有「腐朽化為神奇」的手段。可是還沒有想到人的改造，尤其是知識份子的改造。這問題的提出，不過才三兩年，宋魚、袁翰青，李純青這幾位才展開討論，又出版了一些專書。對於資本主義的，或社會主義的，又或半封建半殖民地社會的知識份子的特點、面貌與任務，漸漸的有了具體而深入的考察；新知識份子如何出生成長的？也有談論著的了。在這時候，應當產生一種幫助改造，幫助進步的力量。我偶然想到從前《申報》上那些改造博士的漫畫，我希望也有一個有更踏實，更具體的方法，有更肯服務的熱忱的改造博士在今日的出現。他能指導每一個人自我改造，尤其是指示知識份子的新方向，兼顧到理論與實際，這個人不必是什麼「博士」，也不需要真像漫畫上所表現的一些奇蹟。

（51-04-27）

編後說明

1. 本書丁集收錄的，係盧冀野先生於一九五一年一月十九日到一九五一年四月二十七日在上海《大報》、《亦報》上發表的的小品文、小文章。

2. 因其中大部份署以「柴室小品」專欄，故此書即以《柴室小品》命名之。

3. 發表時凡署名「盧冀野」或「冀野」的文章，每篇文後，即不再標注；只有當以其他名字，如「飲虹」、「雲師」等署名的，才在文後另行注明。

4. 每篇文後，我們注出了發表的時間，且全書大致按刊登的先後排列。但也有為閱讀方便起見，就會對其中一些的文章的次序加以調整，還有因發表的日期不能確定，便放在了書的後面部份。

5. 雖然編輯此書，本意是將盧冀野先生去世前的那段時期的全部小文章，結集出版，以作為研究盧前先生和那一時代的一種資料。但盧前先生當時在報上發表的小文章非常之多，雖經多方尋覓，仍有相當的佚缺，只有以後再行補充。

6. 由於上世紀四十年代末、五十年代之初，這類報紙的紙張、編排、印刷均比較粗劣。此次輸入及出版的文本中，一定仍有許多舛誤，這裏除了表示歉意，也歡迎讀者指正。

釀文學25　PG0606

 柴室小品

（丁集）

作　　　者	盧　前
主　　　編	蔡登山
責任編輯	孫偉迪
圖文排版	王思敏
封面設計	陳佩蓉

出版策劃	釀出版
製作發行	秀威資訊科技股份有限公司
	114 台北市內湖區瑞光路76巷65號1樓
	電話：+886-2-2796-3638　傳真：+886-2-2796-1377
	服務信箱：service@showwe.com.tw
	http://www.showwe.com.tw
郵政劃撥	19563868　戶名：秀威資訊科技股份有限公司
展售門市	國家書店【松江門市】
	104 台北市中山區松江路209號1樓
	電話：+886-2-2518-0207　傳真：+886-2-2518-0778
網路訂購	秀威網路書店：http://www.bodbooks.com.tw
	國家網路書店：http://www.govbooks.com.tw
法律顧問	毛國樑　律師
總 經 銷	聯合發行股份有限公司
	231新北市新店區寶橋路235巷6弄6號4F
	電話：+886-2-2917-8022　傳真：+886-2-2915-6275

出版日期	2011年7月　BOD一版
定　　價	280元

國家圖書館出版品預行編目

柴室小品. 丁集 / 盧前著. -- 一版. -- 臺北市：
醸出版, 2011.07
　　面；　公分. --（語言文學類；PG0606）
BOD版
ISBN　978-986-6095-28-3（平裝）

855　　　　　　　　　　　　　　100012743

讀者回函卡

感謝您購買本書,為提升服務品質,請填妥以下資料,將讀者回函卡直接寄回或傳真本公司,收到您的寶貴意見後,我們會收藏記錄及檢討,謝謝!
如您需要了解本公司最新出版書目、購書優惠或企劃活動,歡迎您上網查詢或下載相關資料:http:// www.showwe.com.tw

您購買的書名:_____

出生日期:_____年_____月_____日

學歷:□高中 (含) 以下　　□大專　　　□研究所 (含) 以上

職業:□製造業　□金融業　□資訊業　□軍警　□傳播業　□自由業
　　　□服務業　□公務員　□教職　　□學生　□家管　□其它_____

購書地點:□網路書店　□實體書店　□書展　□郵購　□贈閱　□其他

您從何得知本書的消息?

　　□網路書店　□實體書店　□網路搜尋　□電子報　□書訊　□雜誌
　　□傳播媒體　□親友推薦　□網站推薦　□部落格　□其他_____

您對本書的評價:(請填代號　1.非常滿意　2.滿意　3.尚可　4.再改進)

　　封面設計____　版面編排____　內容____　文／譯筆____　價格____

讀完書後您覺得:

□很有收穫　□有收穫　□收穫不多　□沒收穫

對我們的建議:_____

_____

_____

_____

11466
台北市內湖區瑞光路 76 巷 65 號 1 樓

秀威資訊科技股份有限公司 收

BOD 數位出版事業部

（請沿線對折寄回，謝謝！）

姓　　名：＿＿＿＿＿＿＿＿　年齡：＿＿＿＿　性別：□女　□男

郵遞區號：□□□□□

地　　址：＿＿＿＿＿＿＿＿＿＿＿＿＿＿＿＿＿＿＿

聯絡電話：(日)＿＿＿＿＿＿＿＿　(夜)＿＿＿＿＿＿＿＿

E-mail：＿＿＿＿＿＿＿＿＿＿＿＿＿＿＿＿＿＿＿